Emanuel Geibel

Sophonisbe - Tragödie in fünf Aufzügen

Emanuel Geibel

Sophonisbe - Tragödie in fünf Aufzügen

ISBN/EAN: 9783744655736

Hergestellt in Europa, USA, Kanada, Australien, Japan

Cover: Foto ©Andreas Hilbeck / pixelio.de

Weitere Bücher finden Sie auf **www.hansebooks.com**

Sophonisbe.

Tragödie in fünf Aufzügen.

von

Emanuel Geibel.

———— ◆ ————

Stuttgart.

Verlag der J. G. Cotta'schen Buchhandlung.

1868.

Buchdruckerei der J. G. Cotta'schen Buchhandlung in Stuttgart.

Gustav zu Putlitz

in dankbarer Erinnerung zugeeignet.

Sophonisbe.

Perſonen.

Sophonisbe, Gemahlin des Königs Syphax von Numidien.

Scipio, Oberfeldherr der Römer.

Maſſiniſſa, Führer der mit Rom verbündeten Numider.

Thamar, Prieſterin der Aſtarte.

Lälius
Severus } römiſche Kriegstribunen.

Torquatus
Sextus } römiſche Hauptleute.
Lucanus

Atarbas
Abherbal
Sarkas } numidiſche Häuptlinge unter Maſſiniſſa.
Menalkar

Methumbal, Burgvogt von Cirta.

Boſtar, ein Hauptmann vom Heere des Syphax.

Batu, ein Neger, Waffenträger des Syphax.

Hiram, ein Knabe in Sophonisbens Dienſten.

Flavius, Scipios Burſche.

Römiſche und numidiſche Hauptleute und Krieger.   Jagdgefolge.

———

Das Stück ſpielt in den beiden erſten Aufzügen im Königs-
ſchloſſe zu Cirta, in den folgenden abwechſelnd in Scipios
Hauptquartier und im Lager der Numider.

———

Erster Aufzug.

Prächtige Säulenhalle in der Königsburg von Cirta. Der Haupt-
eingang im Hintergrunde; seitwärts zur Linken [1] eine breitgewölbte
Pforte, ihr gegenüber rechts ein offener altanartig mit durchbrochenem
Geländer versehener Bogen, durch den man ein Stück des Himmels
erblickt. Vorne links ein eherner Schenktisch mit antiken Gefäßen.
An den Wänden Trophäen.

Erster Auftritt.

Methumbal, Thamar, durch den Haupteingang eintretend.

Methumbal.

Tritt hier herein, erlauchte Priesterin!

Der Königsburg vielsäulig Prunkgemach

Erschließt sich dir, denn fürstlich ehren wir

Die Tempeljungfrau, deren Stirn der Halbmond,

---

[1] Die Bezeichnungen rechts und links gelten überall vom Zu-
schauer aus.

Der Göttin silberhörnig Zeichen, schmückt.
Hier magst du ruhn, indeß für bein Gefolg
Man braußen sorgt und von den Dromedaren
Die Ballen abläbt, die du mitgeführt.
Was reich' ich zur Erquickung bir? Befiehl!

Thamar.

Um eine Handvoll Datteln bitt' ich dich
Und einen Becher Wassers. Denn mir klebt
Die Zung' am Gaumen. Feuerpfeile schießt
Die Sonn' herab und fern vom großen Tempel
Aftartens komm' ich, von der Wüste Saum.

Methumbal.

Ein schwerer Weg.

Thamar.

                Doch schwerer war bie Sorge,
Die mich hiehertrieb. Für das Heilige,
Das mir vertraut warb, such' ich Schutz bei euch.

Methumbal.

So brang bie Noth der Zeit, der Lärm des Krieges
In jene weltentlegne Stille schon?

Thamar.

Du sagst's. Wir hatten sorglos hingelebt,
Auf Syphax Schwert und auf der Göttin Schutz,
An deren Heerd wir siedelten, vertrauend.
Da plötzlich brach — heut wird's die dritte Nacht —
Das unerwartet Schreckliche herein.
Ein Schwarm empörter Neger überfiel,
Von wetterdunkler Mitternacht begünstigt,
Das Haus der Göttin. Uns im Schlaf zu würgen
Und dann des Tempels Gut als leichte Beute
Dahinzuführen hatten sie gehofft.
Allein ein gottgesandter Blitz verrieth,
Noch eh's zu spät war, die Gefahr den Wächtern.
Drei bange Stunden wüthete der Kampf,
Bis endlich bei des Morgens erstem Grau'n,
Am allzu leicht gewähnten Sieg verzweifelnd,
Der Feind von bannen in die Wüste stob.
Nach Sonnenaufgang wagt' ich mich hinaus.
O welch ein Anblick! Rings von Todten war
Der Pfad bedeckt, mit Blut beronnen starrten
Die schwarzen Leiber grausenvoll mich an.

Doch wo der Kriegsgott seine besten Opfer
Gehäuft, dort am zerbrochnen Widder lag
Ein Römerhauptmann — nur zu deutlich sagten
Der erzgetriebne Helm, das kurze Schwert,
Des Hauptes Bildung, welches Stamms er sei.
Da wußt' ich, wer uns diesen Sturm gesandt,
Und keiner Stunde mehr versichert hieß ich
Das Bild der Göttin und den Tempelschatz,
Dreifüße, Weihgeschenke, Teppiche,
Zur Fahrt den Dromedaren anvertraun,
Sie in den Schutz der Königsburg zu flüchten.

Methumbal.

Du wirst der Fürstin hoch willkommen sein.

Thamar.

Ich hoff' es. Aber nicht als Flehende,
Als Römerfeindin bloß. Mein Herz ist sicher,
Daß sie der alten Freundin nicht vergaß.

Methumbal.

Du kennst sie?

Thamar.

Wie der Ring den Edelstein,

Den er umschlossen hielt. Ich bin wie sie
Vom Stamm der Barkas; früh verwaist verlebt' ich
In ihres Vaters, Hasdrubals, Pallast
Mit ihr der Kindheit selig dunkle Zeit.
Getreu wie Zwillingsschwestern theilten wir
Gemach und Lager, Spiel und Unterweisung,
Bis uns ein hoher Wille schied, der sie
An Syphax Hand auf Cirta's alten Thron,
Mich in der Göttin stille Wohnung führte.
Doch was verzögr' ich noch den Augenblick
Des Wiedersehens! Geh, ich bitte dich,
Und melde Sophonisben, daß ich kam.

Methumbal.

Du wirst die Ungeduld des Herzens noch
Bezähmen müssen; mit dem Frühroth heut
Zog sie hinaus, den Wüstenstrauß zu jagen,
Dem sie sein prächtig Federkleid mißgönnt.

Thamar.

Wie? Jetzt, zur Zeit des Kriegs, da jede Stunde
Das Unerhörte bringen mag?

Methumbal.

Sie liebt

Nicht der Erwartung bangen Müßiggang.

Aus frischgefülltem Becher will sie Glück

Und Unheil trinken. Und ich darf's nicht schelten,

Fand ich sie doch bei jedem Sturm gefaßt.

Thamar.

So blieb sie sich getreu: bei stiller Zeit

Beweglich nach dem Kranz der Stunde greifend,

Entschlossen, wenn ein groß Geschick genaht. —

Des Tags gedenk' ich, da uns übers Meer

Von Spanien her auf Eulenflügeln schwebend

Die Botschaft kam von Neucarthago's Fall.

Entsetzlich war's — vor Schreck versteinert saßen,

Als ständ' am Hafenthor der Römer schon,

Im Rath die Fürsten, durch die Gassen wälzte

Sich Jammerruf und Menschenopfer heischend

Um Molochs riesig Erzbild schrie das Volk.

Da trat Sie, das verwöhnte Fürstenkind,

Der Abgott von Carthago's ganzer Jugend

In ruh'ger Hoheit lächelnd vor mich hin:

Wahr ist es, sprach sie, ein gewalt'ger Schlag
Hat uns getroffen, Thamar. Doch was ist's?
Der greise Syphax wirbt um meine Hand,
Ich folg' ihm als sein Weib, und seine Freundschaft
Ersetzt uns dreifach was verloren ward.

Methumbal.

Sie hat das rasche Bündniß nie bereut,
Das ihr die Krone gab. Denn wie sein Kleinod,
Sein köstlichstes, das ihm ein Gott geschenkt,
Behütet sie der Fürst. Doch laß sie selbst
Dir künden, welch ein Loos ihr fiel! Ich höre
Gebell und Hufschlag von der Brück' herauf;
Der Jagdzug kehrt zurück.

Thamar
(tritt an das Geländer zur Rechten).

                    Sie ist es! Leicht
Vom weißen Zelter schwingt sie sich und wirft
Den Purpurzaum dem Knaben zu. Wie blüht
Sie noch in Schönheit! Machtlos sind die Jahre
Dahingegangen über ihrem Haupt.

Zweiter Auftritt.

Die Vorigen. Sophonisbe. Hiram. Jagdgefolge.

Sophonisbe.

Nehmt mir den Köcher ab, und wascht mit Wein
Den Renner mir! Er hat's verdient. Das war
Ein heißer Tag! Den Straußen jagten wir,
Den Panther haben wir erlegt, Methumbal,
Den wildesten, den je das Felsgeklüft
Der Wüste barg. — Ist Botschaft da vom Heer?

Methumbal.

Noch nicht, Gebiet'rin!

Sophonisbe.

       Diese Spange dem,
Die perlenschimmernde, der mir zuerst
Des Herolds Ankunft meldet!

Thamar.

          Sophonisbe!

Sophonisbe.

Was seh' ich! Thamar! O sei tausendmal
Gegrüßt, Geliebte! — Dank, ihr Götter, Dank,

Daß ihr mir heut, da alle Himmelszeichen
Zu glücklicher Gestirnung, wie zum Kranz
Sich uns verweben, daß ihr heut mir gönnt,
Der Schwester theures Angesicht zu schauen! —
Sag an, welch freundlich Schicksal führt dich her?

Thamar.

Kein Glück ist's diesmal, was in deinen Arm
Mich treibt. Schutzflehend komm' ich, feindesflüchtig,
Der Göttin Hort zu bergen; den nicht mehr
Die Ehrfurcht vor dem Heiligthum beschirmt.
Denn schon bis an den Saum der Wüste reichen
Des Netzes Fäden, das die römische
Verschmitztheit mit dem leisen Fuß der Spinne
Uns zu verderben vielgeschäftig webt.
Die wilden Stämme schon vom Hang des Atlas,
Des Sandmeers schwarze Völker hetzt sie uns
Im Rücken auf. Mit Mühe nur entging ich
Dem ersten Sturm des Aufruhrs.

Sophonisbe.

                      Sei getrost!
Zur guten Stunde kamst du mir und dir.

Du sollst mit mir das Fest des Sieges feiern,

Der alle beine Sorgen niederwirft.

Denn wisse: diese stolzen Weltbezwinger,

Wir haben sie! So hält die Falle nicht

Den Wolf, der sich verfing, mit Eisenzähnen,

Den blut'gen Räuber, unerbittlich fest,

Wie Syphax fünffach überlegne Macht

Das Heer der Römer. Zwischen Meer und Sumpf

Auf schmaler Düne stehn sie eingeklemmt,

Indeß die Flucht zur See Carthago's Flotte,

Den Weg ins Land der Kern der Unsern sperrt.

Ein einz'ger Schlag noch und sie sind vernichtet!

Thamar.

Mit freub'gem Staunen hör' ich dich. Du siehst

Die Dinge, wie ein Feldherr.

Sophonisbe.

Bin ich denn

Nicht meines Vaters Kind? O, wär' ich dort,

Den Schritt des Kriegsgotts feurig zu beflügeln,

Mit eigner Hand im Speergewühl den Sieg

Beherzten Griffs am Stirngelock zu fassen,

Am weithinflatternden, statt daß ich hier,
Von aller Qual ohnmächt'ger Ungebuld
Gefoltert, der Entscheidung harren muß,
Und nichts vermag, als für des Siegers Haupt
Den Kranz zu winden. — Geh, Methumbal, heiß
Ein prächtig Festmahl uns im Garten rüsten!
Im Hain der Palmen will ich dort den Göttern
Die volle kranzgeschmückte Schale weihn.
Doch eh nicht ruf uns ab, als bis vom Heer
Der Bot' uns, der nicht zögern kann, gekommen.

(Methumbal geht. Hiram und die Diener folgen.)

Dritter Auftritt.

Sophonisbe. Thamar.

Sophonisbe.

Und nun noch einmal, Schwester, an mein Herz!
Schein' ich dir stürmisch? Ach, so lange hab' ich
In lieben Armen nicht geruht. Und nun
Von dir, von deinem Leben laß mich hören!
Erzähle, sprich!

Thamar.

Was kann die Priesterin

Erzählen, deren still eintönig Loos

Der Tempel einschließt? All mein Schicksal ward

Vergangenheit und ohne Wunsch und Anspruch

Dahinzuwandeln hab' ich mich gewöhnt,

Seit am Volturnus mein Helasco fiel.

Gelassen leb' ich nun der Pflicht und denke

Der goldnen Jugendzeit, die ich mit dir,

Die ich mit ihm einst in Carthago's Gärten

Glückselig hingeschwärmt. — Sieh, was auch immer

Die Götter mir verhängt, das bleibt mir doch.

Sophonisbe.

Es waren schöne Tage. Damals stand

Im Aufgang prächtig Hannibals Gestirn,

Die Siegeskunden stoben um uns her

Wie Blütenregen, und wir trauten kühn,

Vom Strom des Jubels mit emporgehoben

Auf jede Hoffnung; reich und lockend noch

In goldnen Duft verschleiert lag die Zukunft

Vor unserm Blick!

Thamar.

Wo ift das Alles hin?
Die Zeit der kindlich frohen Zuverficht,
Mein Glück, das ich fo feft gegründet wähnte,
Und deins! — Auch du haft einft ein andres Loos
Geträumt, als dir erfüllt ward.

Sophonisbe.

Ich?

Thamar.

Dein Mund
Geftand es nie; doch wohl errieth ich dich.
Sah ich nicht höher deine Wange brennen,
Dein Auge glühn, da jener fchöne Wildling,
Da Maffiniffa deines Vaters Haus
Als Gaft betrat?

Sophonisbe.

O, warum nennft du ihn! —
Ja, er war fchön und ftolz. Und als zuerft
Er vor mir ftand, der fchlanke Wüftenfohn,
In allem Glanz der Jugend, was verhehl' ich's?

Da wallt' in hoffnungsvollem Ungestüm
Ihm diese Brust entgegen, glaubt' ich doch
In ihm den künft'gen Helden Afrika's,
Carthago's vorbestimmten Hort zu grüßen.
Es war ein schöner Traum, doch ach, ein Traum!
Denn nur zu bald in seines Wesens Grunde
Erkannt' ich ihn, der nie sich selbst bezwang.
Das war das ruh'ge Auge nicht, zu dem
Ich wie zum Stern des Pols emporschaun wollte,
Das war die Schulter nicht, um eine Welt
Zu stützen, trostlos mußt' ich's mir gestehn
Und schwer verwand ich der Enttäuschung Schmerz.
Und wenn ich dennoch ihn nicht grollend mied,
Wenn ich sein ruhelos Gemüth zu zügeln,
Zu lenken suchte, war's nur noch ein tief
Gefühl des Mitleids, was mich trieb, nicht mehr.
Verhüten wollt' ich, daß die edle Kraft,
Die in ihm wohnte, ziellos wie ein Irrstern
In blindem Feuer sich verloderte.
Ich hab' es nicht vermocht. — O Thamar, Thamar!
Du weißt es, daß er zu den Römern ging.

Thamar.

Er that's aus Zorn, vernahm ich, daß sein Volk
Ihm bei des Vaters Tod den Thron versagte,
Und an des Jünglings Statt den mächt'gen Nachbarn,
Den Syphax ausrief.

Sophonisbe.

   So verwirrt ein Gott
Die Fäden unsres Schicksals. Frag mich nicht
Was ich gelitten! — Nun ist's überwunden.
Ich that was ich gemußt und reulos trag' ich
Den Ring des Königs, der ein Vater mir,
Der unserm Volk ein mächt'ger Helfer ward.
Ein neues Leben hab' ich angefangen
Und seine Sonne wärmt und leuchtet auch.

Thamar.

O daß dir niemals dieser stolze Muth
Versiege, Schwester!

Sophonisbe.

   Sorge nicht! Wohl weiß ich,
Ich that Verzicht auf Vieles, doch der Preis
War nicht zu hoch für das, was ich gewann.

Ein groß Geschick ist's, Königin zu sein.

Die Hand am Webstuhl, drauf das Bild der Zeit,

Aus That und Fügung ewig neu bereitet,

Vielfarbig aufsprießt, leb' ich nicht umsonst.

Und wenn mein hohes Tagewerk die Götter

Mir segnen, darf ich jener Wünsche wohl

Vergessen, die mich dunkel einst bewegt.

(Nach einer kurzen Pause, gedämpft.)

Nur manchmal, Thamar, wenn in Frühlingsnächten

Der Halbmond wieder über'm Atlas hängt

Und mich das heiße Duften des Jasmins,

Der Löwen fern Gebrüll nicht schlafen läßt,

Dann kommt wohl ein Gefühl einsamer Leere,

Ein unbezwinglich Sehnen über mich;

Dann ist es mir, als sei mein Loos noch nicht

Erfüllt und plötzlich müff' ein ungeahnt

Verhängniß nahn, um Einmal diesem Herzen

Ganz, ganz genugzuthun! — Doch sieh, das sind

Nur flücht'ge Schatten. Mit dem Thau des Morgens

Wäscht Cirta's Fürstin sich die Träume fort.

Vierter Auftritt.

Methumbal.

O Herrin! —

Sophonisbe.

Sprich, was giebt's? Was hast du, Mann?
Du starrst, als kämest du des Himmels Einsturz
Mir anzukündigen.

Methumbal.

O wappne dich
Mit allem Gleichmuth deiner großen Seele!
Ein furchtbar Unglück —

Sophonisbe.

Sprich!

Methumbal.

Du wirst's an mir
Nicht rächen wollen —

Sophonisbe.

Bin ich denn ein Kind?
Bei meinem Zorn, mach's kurz! Was ist geschehn?

Methumbal.

Ein Reiter kam in wilder Flucht vom Heer.
Wir sind geschlagen!

Thamar.

All ihr Himmelsmächte!
Geschlagen! Weh uns!

Sophonisbe.

Fasse dich! Vielleicht
Ist's nur ein blinder Lärm. — Wo ist der Bote?
Ich will ihn selber sprechen.

Methumbal.

Halb verschmachtet,
Nachdem er kaum die Schreckenspost gestammelt,
Sank er vom Roß und bat um Labung erst;
Man reicht ihm Speis' und Wein im Säulenhof.

Sophonisbe.

Sobald er sich gestärkt hat, send ihn her!
Klar muß ich sehn. Gefahr hat Löwenart,
Ein unerschrocknes Auge bändigt sie
Am ehsten. — Zieh indeß die Brücken auf,

Das Thor laß schließen und mit Wurfgeschütz
Versieh die Mauern. Geh!

(Methumbal ab.)

Thamar.

O meine Schwester!

Sophonisbe.

Verzage nicht zu früh! — Mit unsrem Fest
Ist's freilich nichts; die schönen Kränze werden
Umsonst verblühn. — Doch Muth! Des Krieges Brandung
Schwankt ewig auf und ab und Syphax bot
Schon mancher Sturmfluth unerschüttert Trotz.
Sei stark, mein Mädchen!

Thamar.

Ging' es in den Tod,

Ich bin bei dir, du sollst mich muthig sehn.

———

Fünfter Auftritt.

Sophonisbe. Thamar. Hiram. Bostar erscheint an der Pforte.

Hiram.

Der Bote, Königin.

Sophonisbe.

Führ ihn herein!

(Boftar tritt vor.)

Tritt furchtlos näher! Deine Schuld nicht ist's,
Daß du als Rabe heimkamst. Melde denn
Was ich erfahren muß. Doch schwöre mir
Zuvor beim flammenhaar'gen Gott des Himmels,
Daß du die volle Wahrheit künden willst.

Boftar.

Ich schwör's.

Sophonisbe.

So sprich!

Boftar.

Wir hielten unweit Hippo
Am Meergeftab, wo sie sich umgewühlt,
Das Heer der Römer furchtbar eng umschlossen.
Schon ging, von Tag zu Tage höher wachsend,
Des Hungers bleich Gespenst durch ihre Reihn,
Und wie die vollgereifte Frucht vom Ast
Sich wuchtend ablöst, schien der Sieg von selbst
Uns zuzufallen. Mit dem frühsten Roth

Des nächsten Morgens wollte Syphax stürmen
Und Alles war zum letzten Kampf bereit.
Wir aber gaben, um mit voller Kraft
Die Schlacht zu schlagen, unsres Glücks gewiß,
Dem langentbehrten Schlaf uns sorglos hin.
Da plötzlich, mitten in der Nacht, erscholl
Der Schreckensruf: die Römer sind im Lager!
Und hoch in Säulen wirbelnd schlug zugleich
Die Flamme von den Rohrgezelten auf.
Das ganze Lager war ein Feuermeer,
Rings Qualm und Funken, und dazwischen dröhnend
Der Legionen Siegsgeschrei. Ob sie
Verrath, ob sie ein Gott hereingeführt,
Ich weiß es nicht. In erzgeschloßnen Gliedern
Durch's Gräuel der Verwirrung, Helm an Helm,
Die Adler hoch, die Speere vorgestreckt
Herstürmten sie; da war kein Widerstand,
Kein Kampf mehr, nur ein gräßlich stummes Würgen
Der Tausende, die taumelnd, kaum bewehrt,
Mit nackter Brust in ihren Pfad sich warfen,
Und zahllos thürmten sich die Leichen auf. —

Sophonisbe.

Und euer Feldherr? Und die Punischen?

Bostar.

Vergebens hinter'm Lager im Gefild
Versuchte Syphax, Schaar um Schaar versammelnd,
Dem Sturmschritt der Entsetzlichen zu stehn,
Vergebens braust' er mit den Elephanten,
Sie zu erdrücken, wutherfüllt heran;
Pechkränze schleuderten die Listigen
Den Thieren auf die Rüssel, daß sie wild
Vor Schmerz aufbrüllend, mit den Riesenleibern
Sich rückwärts stürzten in die Schaar der Unsern
Und rasend niederstampften, was noch stand.
Da war das Loos geworfen, Königin,
Und unaufhaltsam durch das nächt'ge Dunkel
Nach allen Seiten heulend stob die Flucht.

Thamar.

Entsetzlich, Schwester!

Sophonisbe.

Wohin wandte sich

Der König? Weißt du's? Wenn nur Er entkam,
So ist noch Rettung.

Boſtar.

O Gebieterin! —

Steht all dein Hoffen nur auf Syphax Haupt,
So laß es fahren!

Sophonisbe.

Weh! Was ist mit ihm?!
Du schwurst mir volle Wahrheit — Sprich es aus!
Er fiel in Römerhand? —

Boſtar.

Er flüchtete
Dorthin, wo ihn kein Römerarm erreicht.

(Pauſe.)

Sophonisbe.

Todt also?

Boſtar.

Todt. — Durch eigne Hand.

Sophonisbe.

Du ſahſt es?

Bostar.

Ich sah's. Verwundet war er, speergelähmt,

Vom Roß gesunken auf der Flucht. — Umsonst

In eines Myrtendickichts Schatten sucht

Sein treuer Waffenträger ihn zu retten;

Schon hat ihn der Verfolger Geyerblick

Am goldnen Helm erkannt, der weit hinaus

Im Glutschein leuchtet, furchtbar jauchzend schon,

Die königliche Beute zu gewinnen,

Umzingeln sie den Platz — da gräbt am Heft

Ins Erdreich er sein Schwert und fällt hinein,

Dem Feinde nichts, als eine Leiche, gönnend.

Sophonisbe.

O mein Gemahl! — —

                  Du bist entlassen, Freund.

Ich weiß genug. —

(Bostar und Hiram gehen. Pause.)

Sechster Auftritt.

Sophonisbe. Thamar. Später Hiram.

Thamar.

O sei so schweigsam nicht,
So furchtbar ruhig! Weine deinen Schmerz
An diesem Busen aus!

Sophonisbe.

Nicht wahr, Geliebte?
Er war der Thränen werth,
Mein hoher, kluger, väterlicher Freund —
O wer ersetzt ihn!

Thamar.

Schwester!

Sophonisbe.

Dies auch wird
Vorüber gehn. Nur Einen Augenblick
Sei mir's gestattet, Weib zu sein, und ihm
Die Schuld der Ehrfurcht und der Dankbarkeit
Im letzten bittern Scheidewort zu zahlen.
Fahrwohl, du königliches Haupt, fahrwohl!

Mit frohem Siegeslorbeer hofft' ich dich
Zu krönen, weh, nun kann ich nicht einmal
Mit der Cypresse dunklem Kranz dich schmücken —
Doch sühnen, sühnen will ich deinen Fall.

Thamar.

Ich kannt' ihn kaum, doch diese Tropfen sagen
Was du verlorst.

Sophonisbe.

Wir haben Jahre lang
Gemeinsam, nur von Einem Geist beseelt,
Nach hohem Ziel gerungen. O, es schmerzt,
Wenn plötzlich solch ein Bund zerreißt! — Doch nun
Empor das Haupt! Mein wankend Reich verlangt
Die Königin, und willig bring' ich ihm
Der Trauer frommes Recht zum Opfer dar.
Nicht Thränen, Thaten fordert diese Zeit.
Ich fühl's, wie über die gewohnten Schranken
Das Schicksal mich erhebt. So werf' ich denn
Hinweg was schwach und weibisch war und will
Auf ungebeugter Stirn die Krone tragen.

Hiram (stürzt herein).

O rette, rette dich, Gebieterin!

Die Römer nahn. Schon sieht man ihre Haufen

Das Klippenthal heraufziehn. Rüste dich

Zu schneller Flucht!

Sophonisbe.

Ich? Fliehen? — Nimmermehr!

Doch hochwillkommne Zeitung meldest du.

Es naht der Feind, wohlan, er soll mich finden,

Die Löwenwittwe, die in ihrer Kluft

Nach Rache brüllend sich zur Wehre stellt.

Mit blut'gem Haupt von diesem Felsen hoff' ich

Ihn heimzusenden; wir sind stark genug,

Und was an Zahl gebricht, ersetzt der Grimm.

Kampf mit den Römern! Ja, das war's, was längst

Dies Herz ersehnt' und auf den Zinnen will ich

Den Schlachtreihn führen, wie Semiramis!

Thamar.

Wie zündend Feuer sprüht, Gewaltige,

Dein Wort in meine Brust. O schreite mir

Voran! Ich folge dir.

(Lärm braußen, dann ein dumpfes Krachen.)

Sophonisbe.

Horch, was war das?

Pocht ungeduldig unser Dränger schon?

Hiram.

Unmöglich, Herrin! —

Sophonisbe.

Bring den Panzer, Hiram!

Rasch, rasch! Ich muß hinaus.

Siebenter Auftritt.

Die Vorigen. Methumbal mit gezogenem Schwert.

Sophonisbe.

Was suchst du hier?

Dein Platz ist auf dem Wall.

Methumbal.

Verrath! Verrath!

Hyänen über diese Meuterer!

Sophonisbe.

Sprich klar! Was ist's?

Methumbal.

Vernahmst du das Gekrach
Der erz'nen Flügel nicht? Die Memmen haben,
Als sie von fern die römischen Adler sahn,
Im Wahnsinn ihres Schrecks das Thor gesprengt,
Und jagen flüchtig nun, verhängten Zügels,
Auf ihren Rennern dem Gebirge zu.

Sophonisbe.

Fluch auf ihr Haupt!

Methumbal.

Die Siebenhundert nur
Der Leibwacht blieben dir; in Trümmern liegt
Das große Thor, wir halten's keine Stunde.
Drum auf den Knie'n laß dich beschwören: flieh!
Flieh, eh's zu spät wird! Durch die Brunnenpforte
Am Palmenhain entkommst du noch.

(Trompeten in der Ferne.)

Da, horch!
Das ist die Tuba schon der Römischen!

Sophonisbe.

Ha! Und kein Kampf!

Thamar.

Erhalte dich den Deinen,
Der Rache dich, die du dem Gatten schwurst!
Flieh! Flieh!

Hiram
(am Geländer zur Rechten).

Zu spät! Auch an den Palmen blitzt es
Von Waffen auf. Man sieht's, ein kund'ger Mann
Hat sie geführt; sie sperren jeden Pfad,
Wir sind umzingelt! —

Sophonisbe.

Wohl! Das Schicksal
Will die Versuchung uns kleinmüth'ger Flucht
Ersparen und ich weiß ihm Dank dafür.
Klar liegt der Wurf. Wir müssen mit dem Schwert
Uns eine Gasse bahnen oder schmachvoll
Uns unterwerfen. Setzen wir denn kühn,
Die Ehre rettend, unser Leben ein!

(Nach einigem Bedenken.)

Am Thor der Löwen ist der Hang des Bergs
Geschickt zum Ausfall. Dort am ehsten glückt's

Hervorzubrechen, plötzlich, und das Netz
Des Feindes mit gebiegnem Keil zu sprengen.
Versuchen wir's! Sein Todtenopfer heischend
Wird Syphax blut'ger Schatte vor uns her
Im Kampfe ziehn und uns den Weg des Heils
Erstreiten helfen. — Doch kein Augenblick
Ist zu verlieren. Eil' hinab, Methumbal
Und schaar' im Flug das Häuflein, das uns blieb!
Sobald ich mich gewappnet, folg' ich dir.

(Methumbal geht.)

Sophonisbe.

Den Panzer, Hiram!

(Sie läßt sich die Rüstung anlegen.)

Thamar, armes Kind,
Dein hart Geschick beklag' ich. Mußtest du
Vertrauend an den Herd der Schwester flüchten,
Um solchen Tag zu schau'n!

Thamar.

Nicht doch! Laß mich
Die Götter preisen, die mich hergeführt!
So schwach nicht bin ich, wie du denkst; es fließt

In meinen Adern auch das Blut der Barkas,
Das in bedrängter Stunde kühner wallt.

(Sie reißt einen Speer von einer Trophäe.)

Sieh! Dieser Arm, Dank unsern Jugendspielen,
Hat noch den Speer zu schwingen nicht verlernt.
Unselig wär' ich, wüßt' ich fern von dir
Dich in Gefahr. Nun schlägt das Herz mir hoch,
Denn Alles darf ich mit dir theilen! —

(Trompeten.)

Horch!
Sie nah'n!

(Tritt an das Geländer.)

Sophonisbe.

Was siehst du?

Thamar.

Langsam bis zur Brücke
Im Taktschritt wogend dröhnt ihr Zug heran.
Dort halten sie. Im weißen Mantel jetzt
Auf prächt'gem Berber sprengt ein Reiter vor,
Der Reiherbusch des Helms verräth den Feldherrn;
Sie grüßen ihn. Nun zügelt er sein Roß
Und spricht zu ihnen —

Sophonisbe

(noch immer beschäftigt, sich zu wappnen).

Wo?

Thamar.

Am Uferhang

Uns grade gegenüber. Fast erreicht
Der Worte Schall mein Ohr. — Nun jauchzen sie
Ihm ihren Beifall! Horch!

Sophonisbe

(eilt fertig gewappnet an das Geländer).

Sie sollen bald

Verstummen, sag ich dir! Den Bogen her!
Den schärfsten meiner Pfeile! Ha, ich treff' ihn,
Wie ich im Frühroth heut den Panther traf!

(Sie hat in der Mitte des Gemachs den Bogen empfangen und spannt ihn.)

Thamar.

Er wendet sich.

Sophonisbe.

Wohlan, er soll —

Thamar.

Halt ein!

Beim ew'gen Licht, halt ein! Das ist kein Römer,
Dies Antlitz kenn' ich!

Sophonisbe.

Laß! —

Thamar.

Schau selbst und sprich,
Ob ich mich täuschte.

Sophonisbe

(ist wieder an das Geländer getreten).

Massinissa! Götter!

(Sie kämpft einen Augenblick mit sich selbst und läßt dann den Bogen
sinken.)

Umsonst! Ich kann's nicht! — Fort!

(Der Vorhang fällt.)

Zweiter Aufzug.

Dieselbe Decoration. Spuren von Verwüstung: der Schenktisch um=
geworfen, die Gefäße am Boden verstreut. An der Pforte zur Linken
zwei römische Legionäre als Wachen. In dem Augenblicke, wo der
Vorhang aufgeht, tritt Torquatus aus dieser und geht dem Massinissa
entgegen, der, von numidischen Hauptleuten umgeben, aus dem Hinter=
grunde vorschreitet.

Erster Auftritt.

Massinissa. Torquatus. Hauptleute. Wachen.
Später Hiram.

Massinissa.

Pflanzt auf den Wall den Adler! Glücklich ist
Vollführt was ich dem Scipio gelobt.
Wir sind in Cirta.

          Dago, du besetzest
Pallast und Burg mit meinen Libyern
Und läßt in Eile das zerstörte Thor
Sturmfest erneuern. Du, Torquatus, rückst
Indeß mit den italischen Cohorten,

Sobald sie ausgerastet, langsam vor,

Den Weg uns deckend, der nach Morgen führt.

Ich selber bleibe. Denn Gewicht'ges noch

Zu schlichten gilt's. Wo ist die Königin?

Torqualus

(auf die Pforte zur Linken zeigend).

Im Thurmgemach. Ich hab' dafür gesorgt,

Daß sie uns nicht entrinnt.

Hiram

(stürzt aus der Pforte und wirft sich vor Massinissa nieder).

Erbarmen, Herr!

Barmherzigkeit!

Massinissa.

Was willst du, Knab?

Hiram.

Erbarmen

Für meine Herrin! Laß mich nicht umsonst

Zu deinen Füßen flehn! Du gleichst ja nicht

Den Männern dort von Erz; dein Antlitz trägt

Die Züge unsres Stamms: so rett' und hilf!

Denn sie erliegt dem Jammer —

Torquatus.

Weiberthränen!
Sie trocknen schon —

Hiram.

O weinte sie, Barbar!
O ras'te sie und riss' ihr Kleid in Stücke!
Doch dieses stumme Leid ist schrecklicher.
Erloschnen Auges, blutlos, thränenlos
Wie eine Todte sitzt sie da und starrt
Auf ihre Fesseln; unbewegter starren
Die Felsenbilder in der Wüste nicht.

Massinissa.

Gefesselt, sagst du?

Torquatus.

Ja. So will's der Brauch
Bei Kriegsgefangnen, die der Republik
In offnem Kampf getrotzt —

Massinissa.

Sie ist ein Weib,
Und dir nicht fremd, daß ich sie einst gekannt.

Torquatus.

Der Römer kennt nur Freund und Feind. Indeß
Wenn du gebietest —

Massinissa.

Geh zu deiner Schaar
Und thu was ich befahl!

(Torquatus ab.)

Auf eure Posten!
Die Sorg' um dieses Weib ist mein. Ich selbst
Entscheid' ihr Loos.

(Die Hauptleute gehen, auf einen Wink Massinissas auch die Wachen.)

Nimm, Knabe, diesen Ring,
Das Zeichen meiner Vollmacht; eil' und löse
Die Fesseln deiner Königin und sag ihr,
Daß Massinissa ihres Grußes harrt.

Hiram.

Hab Dank!

(Geht ab durch die Pforte links.)

Zweiter Auftritt.

Maſſiniſſa (allein).

Vergeſſen wähnt' ich's und verſchmerzt,
Mich ſelbſt im neuen Lebensſtrom gehärtet
Und das Vergangne machtlos hinter mir.
Und nun — o wir ſind ſchwach! — nun ſtürmt das Blut
Unruhig aufgewiegelt mir zum Herzen
Und vor der Ueberwundnen bangt mir faſt,
Als wäre ſie die Siegerin. — Wie anders
Dacht' ich mir dies Begegnen! Stolz gefaßt
Ein kühles Mitleid wollt' ich ihr bezeigen,
Gleichmüthig ihr erleichtern was ſie traf;
Die Rache des Verſchmähten ſollt' es ſein —
Umſonſt, mir glückt's nicht. Der Gedanke bloß,
Ins Antlitz ihr zu ſchaun, entwaffnet mich,
Und wie erſtarrte Schlangen, angerührt
Vom Strahl der Frühlingsſonne, regen plötzlich
Die alten Wünſche ſich in meiner Bruſt.
Werd' ich ſie zügeln können? — Will ich's nur?
Was frommt das Grübeln! Mag der Augenblick
Entſcheiden!

Dritter Auftritt.

Massinissa. Sophonisbe auf Thamar gestützt erscheint in der
Pforte zur Linken.

Massinissa.

Sophonisbe! Ja, du bist's!
Und bei den ew'gen Göttern schön wie sonst!
Sei mir willkommen! Welch ein fremd Gestirn
Uns auch zusammenführt, als deinen Freund
Sollst du mich sehn.
(Will ihr die Hand reichen.)

Thamar.

Zurück, Entsetzlicher!
Und gieb der grausam bis ins Herz Getroffnen
Zeit zur Besinnung. — O was thatest du!

Massinissa.

Wild ist der Krieg und Vieles muß ein Feldherr
Geschehen lassen —

Thamar.

Muß? Willkommnes Wort,
Mit dem der Frevler stets die Schuld von sich
Abwälzt ins Leere, jeden Uebermuth
Und jeden Treubruch —

Massinissa (drohend).

Thamar!

Thamar.

Drohe nur!
Ersticken kannst du meinen Vorwurf, nicht
Dich reinigen. O wenn kein andrer Arm
Sich fand, als deiner, um die Zeichen Roms
Auf beiner Väter heil'ge Burg zu pflanzen:
Sag an, Herzloser, wie vermochtest du's,
Dies theure Haupt, das du gefährdet wußtest,
Die Freundin beiner Jugend der Gewalt
Des tückisch blinden Zufalls preiszugeben,
Daß auch kein Tropfen ihr im Kelch der Schmach
Erspart blieb, du, von dem ein Wort genügte
Und jene troß'gen Schergen krochen zahm
Zu ihren Füßen —

Sophonisbe.

Schweig!

Thamar.

Nur noch das Eine

Laß mich ihm sagen, daß sein treulos Herz

In Scham vergehn mag! Ja, vernimm's, Unsel'ger,

Wenn du noch athmeſt, ihrer Gnade nur

Haſt du's zu danken. — Zweifelſt du? — Schau her!

Hier war's, schau her! Als du vor wenig Stunden

Umbrauſt vom Jubelrufe deines Heers

Auf ſtolzem Roß dort drüben ſchon als Sieger

Dich blähteſt, lag dein Loos in ihrer Hand.

Dein Leben hing an ihres Pfeiles Spitze,

Doch ſie, großmüthig eurer Jugendzeit

Gedenkend, ſchenkte dir's —

Maſſiniſſa.

Was ſagſt du, Weib!

Sie hätte hier —?

Sophonisbe.

Wer hieß dich reden, Thamar?

Dies iſt die Stunde nicht zu müß'gem Wort.

Kehr heim in deinen Kerker oder geh,

Dafern ſie dir's geſtatten, zum Altar

Und fleh zur Göttin, daß ſie deine Freundin

Zu hart nicht prüfe. — Dieſer Mann, ich ſeh's,

Bringt mir mein Schicksal. Gönn' ihm nicht den Wahn,
Ich sei zu schwach, allein dem Schlag zu stehn. —
Geh!

(Thamar geht ab durch die Mittelpforte.)

Vierter Auftritt.

Massinissa. Sophonisbe.

Massinissa.

Sophonisbe, welch ein Wiedersehn
Voll Pein und Irrsal! Glaube mir, ich hätte
Dir diese Schrecken gern erspart. Doch wer
Bezähmt den siegestrunknen Schwarm, wer ist
Allgegenwärtig, seine Wuth zu zügeln?
Jetzt ist der Sturm verbraust, jetzt bin ich hier.
Sei denn getrost! Du fielst in eine Hand,
Bereit, wie sie vermag, dein Loos zu mildern.
Nur stoß mich nicht zurück, nur gönne mir
Ein freundlich Wort!

Sophonisbe.

Was könnte die Besiegte

Dem Sieger sagen! Thu was dir gefällt!
Mein Wunsch nicht war's, der dies Gespräch gesucht.

Massinissa.

Bist du so starr und bist dieselbe doch,
Die mein geschont? Hast du dem Todespfeil
Sein Ziel verwehrt um unsrer Jugend willen:
Warum denn jetzt verläugnen, daß in dir
Das Angedenken jener Zeit noch lebt?
O wohl bekämpft' auch ich's, im Sturm der Schlacht,
Im Lärm des Lagers rang ich's zu ersticken
Und log mir endlich selbst, vernichtet sei's.
Vergeblich Mühn! Du nahst, du läßt wie einst
Dein Auge still und dunkel auf mir ruhn
Und alle Narben der Erinn'rung brechen
Wollüstig blutend auf. Ich seh' uns wieder
In deines Vaters Halle, wo mein Ohr
Zuerst den Zauber deiner Stimme trank,
Seh' uns am Meer auf feucht geripptem Sand
Der flücht'gen Antilope Spur verfolgen.
Und dort im Hain der Cedern — weißt du noch,
Wie ich dich dort am Springborn fand, den Flaum

Des purpurfarbigen Flamingos streichelnd? —
Doch ich erschoß ihn, weil ich's ihm mißgönnt.

Sophonisbe.

Was soll das Alles der Gefangnen?

Massinissa.

Nur
Dir sagen soll's was damals ich empfand,
Und was ich heut aus Aschen auferweckt
Gedoppelt heiß empfinde. Fragen soll's,
Was du gefühlt, eh schlaue Staatskunst dir
Das Herz verwirrt und jener greise Fürst,
Dem beine Jugend aufgeopfert ward,
Mich dir entfrembet. — O zerbrich dies Eis
Des allzuscheuen Stolzes! Sprich es aus,
Daß dir des Jünglings Werben nicht mißfiel,
Und was du seinem stummen Wunsch vielleicht
Einst weigern mußtest, gönn' es jetzt dem Manne,
Der höher nur von deiner Noth entflammt
Freimüthig seine Glut bekennt!

Sophonisbe.

Du sprichst

Zu Syphax Wittwe. Unterm offnen Himmel
Liegt noch sein Haupt, die Wunde blutet noch,
Aus der sein Leben strömte, und du wagst,
Verblendeter —

Massinissa.

Die einz'ge Hülfe dir
Zu bieten wag' ich, die dich retten kann.
O sei nicht du verblendet! Muß ich dich
Noch mahnen an das eiserne Gesetz,
Das hier jetzt waltet? Unerbittlich bist
Du ihm verfallen, wenn du mich nicht hörst.
Das Schicksal der entthronten Fürstin wird
Von Rom verhängt, mein Weib nur kann ich schützen.

Sophonisbe.

Dein Weib? Weib eines Römers? Lieber todt!
Geh hin und such am Tiber dein Gemahl!
Vor des Verräthers Bett —

Massinissa.

Halt ein und häufe
Das Maß nicht deiner Ungerechtigkeit!

Verräther schiltst du mich, weil ich mein Reich,
Mein heilig Erbtheil, das man mir entriß,
Nicht ruhig preisgab? Weil ich, den als Bettler
Das Vaterland von seiner Schwelle stieß,
Die einz'ge Hand, die hülfreich mir sich bot,
Die Hand des Römers faßte? O du hast
Nie der Verbannung herben Kelch geschmeckt!
Mit den Harpyen hätt' ich damals mich,
Mit jedem Geist des Abgrunds mich verbündet,
Der mir den schnöden Raub zurück verhieß.
Mein Recht und meine Rache heischt' ich nur
Und that's mit leichtem Sinn und festem Herzen
Und niemals kam ein Zweifel mir — bis heut.
Doch, was verläugn' ich's? — nun ich endlich hier
Der langentbehrten Heimat Grund betrete,
Nun dieser Heimat leibgewordnes Bild
In dir so strahlend schön und doch so feindlich
Mir gegenüber steht, nun schwankt das Herz
Erschüttert und verwirrt mir in der Brust,
Und meiner Jugend Sterne sehn bezaubernd
Mich an und winken —

Sophonisbe.

Hättest du dich nie

Von ihnen abgewandt!

Massinissa.

Und wenn ich nun

Dem Winke folgte? Wenn ich meinen Groll

Wie einen Schild, der aus den Fugen ging,

Hinter mich würfe? Wenn der Ausgestoßne

Der reichen Hoffnung, die er draußen fand,

Den Ehren Roms, dem Freunde selbst entsagte,

Und Sühnung bietend an der Mutter Herd

Heimkehrte, jetzt, zur Stunde der Gefahr,

Ein Sohn, ein Hort, ein Retter ihr zu werden?

Sophonisbe.

Wenn — wenn —

Massinissa.

Sprich, daß du's willst, und ich vollführ's!

Befiehl und bei des Himmels Pforten schwör' ich's:

Unwiderstehlich Weib, ich folge dir.

Du bist mein Schicksal. Wider dich zu stehn

Vermag ich nicht, und wenn ich meine Schuld

Nach deinem Maß nicht messe, so erkenn' ich
Doch was ich thun muß, deiner werth zu sein.
Nicht bloß dich zu befreien gilt's, es gilt
Auf aller Ehren Gipfel dich zu heben.
Ein großes Reich vom Atlas bis ans Meer
Steigt vor mir auf, das Afrika's Geschlechter
Ruhmreich versammelt unter Einem Haupt.
Die Völker alle schließt es ein, so weit
Des Sonnenwagens diamantnes Rad
Senkrecht dahinrollt über unsrer Scheitel,
Den Neger, der den Elephanten zähmt,
Den stolzen Wüstensohn mit seinen Rossen,
Den Cananiter, dem die Flut gehorcht.
O welch Gebiet! Und Alles, was es hegt
An Segensfülle, Pracht und Siegsgewalt,
In Einer Krone güldnen Reif beschlossen,
Und diese Krone Dein! Wirst du dem Mann
Dich auch versagen, der als Sieger naht,
Sie auf dein Haupt zu drücken?

Sophonisbe.

Du fliegst hoch

In deinen Träumen. Wahr' dich, daß dir nicht
Die Flügel schmelzen! Leichter freilich ist's,
Ein Reich mit Worten in die Luft zu bau'n,
Als nur den kleinsten Schritt auf festem Grund,
Nur den nothwendigsten zu thun.

Massinissa.

Du sollst
Auf ihn nicht warten. Diese Stunde noch,
Dafern du's billigst, sei das Werk begonnen.
Den störrischen Torquatus hieß ein Gott
Mich weitersenden. So vertrau' ich dich
Dem Schutze meiner Libyer an, und fliege
Auf schnellem Roß ins Lager selbst zurück,
Um mein numidisch Volk dir zuzuführen.
Mein Name, der die wilden Herzen leicht
Für Rom gewann, gewinnt sie leichter noch
Der blutsverwandten Fürstin. Diese Burg
Ist fest und wohlversorgt, und legte Scipio
Mit ganz Italiens Rüstzeug sich davor,
Wir trotzen ihm, bis Gisgon Hülfe bringt.
Zehn Jahr hielt Troja Stand um Helena

Und hatte kein Carthago zum Entsatz.

Bist du's zufrieden?

Sophonisbe.

Wohl, es sei.

Massinissa.

Hab' Dank

Auch für dies karge Wort! Ich fühle mich
Mit Kraft gerüstet, Größres zu verdienen.
Der Preis ist's, lern' ich, der den Helden macht.
Für jetzt fahrwohl! Was Cirta's Schutz erheischt,
Sei rasch geordnet; dann im Flug hinüber
Zu den Numidern, und wer weiß, du rufst mir
Ein Wort der Hoffnung noch beim Scheiden zu!

(Er geht rasch durch die Mittelpforte ab.)

Fünfter Auftritt.

Sophonisbe. Später Thamar.

Sophonisbe (allein).

Ihr ew'gen Mächte, wozu treibt ihr mich!
In welchen Strudel unentrinnbar reißt

Ihr mich hinunter! Laßt mich nicht versinken!
Kann ich die einz'ge Hoffnung für mein Volk
Nur so erkaufen, o so tilgt denn hier
Auch jedes andre leise Glückverlangen,
Des Weibes letzten Anspruch tilgt hier aus,
Und fühllos wie des Tempels eh'rne Bilder
Nur euer Werkzeug laßt mich sein!

Thamar (kommt).

So hat
Die Göttin gnädig mein Gebet erhört!
Das Auge leuchtend, mit entwölkter Stirne
Begegnet auf den Stufen mir der Fürst.
Ihr seid versöhnt!

Sophonisbe (schmerzlich).

O Thamar!

Thamar.

Hätt' ich mich
Getäuscht? Nein, nein! So gütig blickt nicht der,
Der uns Verderben brütet. Nein, du hast
Sein Herz besiegt. Er kehrt zu uns zurück.

Sophonisbe.

Er kehrt zurück. Vielleicht sind wir gerettet.

Ich hoff's — und doch — O welchen Kelch hab' ich

Geleert, den mir mit aller Bitterkeit

Mißachtung würzte!

Thamar.

Rede!

Sophonisbe.

Einen Sieger

Hatt' ich erwartet, einen Feind vielleicht;

Auf ernste Großmuth oder eisige

Zurückhaltung war ich gefaßt, nur nicht

Auf diesen willenlosen Unbestand,

Der jedem Trieb gehorcht, auf dies Geflacker

Verworrner Leidenschaft. O, sein Gemüth

Ist wie der Sand der Wüste, den der Wind

Nach Abend jetzt und jetzt nach Morgen stürmt,

Und keine Spur von gestern haftet drin.

Vergessen konnt' er uns in unsrer Noth,

Und plötzlich nun, von diesem armen Reiz

Entzündet, möcht' er wie ein trunkner Knabe

Des Himmels Sterne mir zu Füßen streu'n.
O was ist Mannheit!

Thamar.

    Und du ließest ihn
Gewähren, Schwester?

Sophonisbe.

     Mußt' ich's nicht? Es galt
Nicht mein, es galt das Schicksal meines Volks.
Durft' ich das Schwert, das sich ihm bot, verwerfen,
Weil mir die Hand mißfiel, in der es lag?

Thamar.

Doch wenn ich nun die Glut auf seinen Wangen
Mir recht gedeutet, wenn auf einen Preis
Er hofft, den Niemand zahlen kann, als du:
Hast du dein Herz geprüft? —

Sophonisbe.

      Ich hab' dereinst
An Lieb' und Glück und Mannesherrlichkeit
Geglaubt und doch gethan was mir die Götter
Der Heimat strenge fordernd auferlegt.
Jetzt seh' ich, jener Glaube war ein Wahn,

Und zaudern sollt' ich, für Carthago's Heil
Sein leeres Schattenbild dahinzugeben?

Thamar.

Du könntest —?

Sophonisbe.

Auch das Letzte, muß es sein.
Fast scheint es ja, daß mein Geschick dazu
In harter Trübsal mich bereiten wollte.
Denn nichts mehr hoff' ich für mich selbst und habe
Nur eine Pflicht noch für das Vaterland.

Sechster Auftritt.

Die Vorigen. Batu.

Batu.

Gebietrin!

Sophonisbe.

Batu! Seh' ich recht? Du lebst?
Sag an, woher?

Batu.

Ich komm' aus Feindes Hand,
Grad aus dem Feldherrnzelt des Römerlagers.

Gefangen ward ich bei dem todten Herrn
Und dachte kaum dein vielgeliebtes Antlitz
Auf dieser Welt des Jammers noch zu schaun.
Doch Scipio's menschlich Herz erbarmte sich
Des alten Waffenknechts; er hieß mich ziehn,
Daß ich des Königs letzten Gruß dir brächte. —
Du weißt, wie Syphax fiel?

Sophonisbe.

Ich weiß.

Batu.

So laß
Mich eins nur melden, daß sein letzter Hauch
Dein eigen war. Als er verzweifelnd schon
Aufs eingepflanzte Schwert sich niederbog,
Da sprach er: Batu, grüß mein Weib daheim
Und bring' ihr diesen Stahl zum Angedenken!
Er sei ihr Freund, wenn Alles treulos wird.
Dann starb er ohne Laut. — Hier ist die Waffe.

(Reicht ihr einen Dolch hin.)

Sophonisbe.

Bewahr' sie mir! Du sollst fortan mich nie

Verlassen, hörst du? — daß der letzte Trost
Mir immer nah sei.

Bain.

Möge dich ein Gott
Behüten, Königin!

Sophonisbe.

Jetzt aber gilt's
Noch nicht hinabzuflüchten, denn noch einmal
Nach fürchterlicher Todesstille schwellt
Ein günst'ger Hauch die Segel unsres Glücks.
Fürst Massinissa, unser Feind bis heut,
Tritt zu uns über und verheißt die Schaaren,
Die er befehligt, aus dem Römerheer
In diese Mauern rettend herzuführen.
Geborgen sind wir, wenn sein Anschlag glückt. —
Du schweigst? — Was denkst du?

Bain.

Euer Plan ist kühn,
Nicht unausführbar. Die Numider lagern
Gesondert von den Römern am Gebirg,

Und viel vermag wer überraschend wagt;
Nur Eines fürcht' ich —

Sophonisbe.

Was?

Balu.

Den Adlerblick
Des Scipio und den Geist, der in ihm wohnt.

Sophonisbe.

Dünkt dir der Römer, weil ein launisch Glück
Den Sieg ihm zuwarf, unbezwinglich schon?

Balu.

Du kennst ihn nicht. Er ist von andrer Art,
Als die ich sonst sah. Ein geborner König
Herrscht er im Lager wie im Schlachtgewühl.
Gemeine Kraft besteht ihn nimmermehr.
Ich hass' ihn, doch er hat mich Furcht zugleich
Gelehrt und Ehrfurcht.

Sophonisbe.

Seine Großmuth fiel
Auf guten Boden, merk' ich. Sprichst du nicht,

Als wär' Achill erstanden? Beim Adonis!
Ich möcht' ihn sehn, den Zauberer —

Satu.

Auch geht

Im Volk die Sage, seine Mutter habe
Ein Gott besucht, und oft um Mitternacht
Erscheint, im Mondlicht aus dem Boden wachsend,
Ein uralt Schlangenhaupt in seinem Zelt,
Mit dem er sich beräth.

Sophonisbe.

Geschwätz!

Satu.

Mag sein!

Doch das steht fest, daß ihn ein Dämon schützt.
Ich sah ihn in der Elephantenschlacht,
Wie er dem letzten Stoß der Unsern sich
Entgegenwarf. Da rauschten von den Thürmen,
Wie wenn ein Wolkenbruch sich niedergießt,
Wurfsteine, Feuerpfeile, siedend Oel
Auf ihn herab. Zerschmettert rings umher
Sank Haupt an Haupt, sein schimmernd Tigerroß

Brach in den Staub, der Bannerträger fiel
An seiner Seite, doch emporgerafft,
Den Adler fassend, vorwärts unaufhaltsam
Durch alle Schrecken stürmt' er in den Sieg.
Und kein Geschoß versehrt' ihn. Das ist mehr,
Als bloßer Zufall.

Sophonisbe.

Nimm's, wie du's verstehst!
Soviel ist freilich klar: hier ist ein Gegner,
Dem Massinissa's blindes Ungestüm
Nicht Stand hält, wenn der erste Wurf mißlingt.
Sein hast'ger Anlauf wird vor jedem Hemmniß
Zusammenbrechen, wenn die sichre Hand
Ihm mangelt, die ihn zügelt oder spornt.

Balu.

Ich fürcht' es, Herrin.

Thamar.

Und so lischt das Bild
Der Rettung, kaum vor uns emporgestiegen,
Wie ein Phantom der Wüste trostlos aus!

Auf wen noch hoffen wir, wenn nicht auf ihn?

O sendet Rath, ihr Himmlischen!

Sophonisbe.

Muth! Muth!

Noch haben sie das Haupt nicht abgewandt;

In dieser Stunde wechselvollem Drang

Ist mein Entschluß gereift. Nur wer verzagt

Das Steuer losläßt, ist im Sturm verloren.

Wir sind's noch nicht.

Neunter Auftritt.

Die Vorigen. Massinissa tritt ein, von seinen Hauptleuten
umgeben.

Massinissa.

Noch einmal tret' ich vor dich,

Zur Fahrt gerüstet, um, wie dir's gebührt,

Als Cirta's Herrin wieder dich zu grüßen.

Mein treuer Dago, der die Libyer führt,

Wird deiner Winke jedem ehrfurchtsvoll

Gehorchen bis zu meiner Wiederkehr.

Lebwohl! Du weißt was diese Brust bewegt,
Laß im Vertrauen denn auf deine Huld
Mich scheiden, Königin!

Sophonisbe.

Wir scheiden nicht.

Massinissa.

Wie? — Hättest du —

Sophonisbe.

Denn mit dir zieh' ich hin.
Entschlossen bin ich, dein Geschick zu theilen.

Massinissa.

Du, mit ins Lager?

Sophonisbe.

Soll ich qualvoll hier
Die Stunden zählen, während drüben sich
Mein Loos entscheidet? Nein, mit eigner Hand
Mir greifen will ich's. Die Numiderfürsten
Sind mir nicht fremd. Ihr afrikanisch Blut
Wird in den tapfern Herzen sich empören
Beim Anblick der beraubten Königin.
Siegreichen Zauber übt die Gegenwart

Und mächt'ger, als dein überlegtes Wort

Dringt die beredte Stimme meines Unglücks

In ihre Seele. Kein Bedenken drum!

Beschlossen ist's.

Massinissa.

Du willst es so. Wohlan!

Wer hemmte dich in deinem Adlerfluge!

Thamar.

Der Gottberathnen widerrath' ich nicht,

Doch laß mich mit dir gehn!

Sophonisbe.

Was willst du, Treue,

Dort im Gewühl? Nein, von den Meinen folgt

Mir dieser Alte nur, er weiß, warum.

Dein Platz ist hier; in deine Hände leg' ich,

Da unser tapferer Methumbal fiel,

Die Schlüssel dieser Burg; ich weiß, du wirst,

Was immer kommt, sie für Carthago wahren.

Thamar.

Nimm meinen Eid! Mit diesem Leben nur

Geb' ich sie hin.

Sophonisbe.

So ist denn Alles hier
Bestellt. Und jetzt, bevor des Zelters Flug
Mich dem verhüllten Ziel entgegenträgt,
Noch einmal, Thamar, üb' an deiner Schwester
Dein heilig Priesteramt und segne mich!

Thamar (bewegt).

Zieh denn hinaus, Geliebte, zieh beglückt!
Ich segne dich, als stünd' ich am Altar,
Und ihr dort oben laßt als Weiheguß
Das Opfer dieser Thränen euch gefallen!
Dich, hoher Sonnenjüngling, ruf ich an
Und die du nächtlich über's Waldgebirg
Mit Silberrossen jagst und Thau des Lebens
Herniederträufst, Astarte dich, und dich
Gewalt'ger Melkart, unsres Stammes Ahn!
Umschirmt dies theure königliche Haupt
Und vor ihr her in Sturm und Säuseln wandelnd,
In Wolk' und Glut, bereitet ihr die Bahn!
Ihr habt das heil'ge Feuer, das sie treibt,
In ihrer Brust entzündet, lehrt sie denn

Nach eurem Rath ihr kühnes Werk vollenden
Und wie sie lautern Sinns und willig ist,
Ihr Alles für der Heimat theuren Herd,
Für euch und euer Volk dahinzugeben:
So seid ihr gnädig, Götter Afrikas!

Sophonisbe.

So seid mir gnädig! Ja, von eurem Hauch
Ergriffen fühl' ich mich, und ungeduldig
Schwillt mir das Herz von hoher Zuversicht.
Zu Roß denn, Massinissa! Laß den Wind
Uns überreiten! Keine Ruhe mehr,
Bis ich mein Schicksal weiß, und wer ich bin,
Ob eine Sklavin jener stolzen Römer,
Ob eines freien Volkes Königin.

(Indem sie sich zum Gehen wendet, fällt der Vorhang.)

Dritter Aufzug.

Hauptquartier des Scipio im halbzerstörten Schlosse zu Massylis. Eine hohe Halle; hinten in der Mitte ein mächtiger Pfeiler, der zwei große Bögen trägt, beide durch Vorhänge verschließbar. Der Bogen zur Rechten gewährt eine weite Aussicht ins Lager, der zur Linken führt in eine Nische, in der Scipios Feldbette aufgeschlagen ist. An der zweiten Coulisse links eine Thüre, ihr gegenüber zur Rechten eine starkvorspringende erzbeschlagene Pforte. Vorne links ein Tisch, darauf Rollen, Karten (Tafeln) und Schreibgeräth. Der Vorhang der Nische ist geschlossen, der Blick ins Lager frei. Wachen schildern vor dem Eingang; der Hintergrund bleibt während der folgenden Scenen unaufhörlich belebt.

Erster Auftritt.

Lälius und Severus, aus dem Lager in die Halle tretend.

Lälius.

Willkommen hier in Massylis, Sever,

Du bleibst dir treu und läßt dich nicht erwarten.

Severus.

Ein schlechter Kriegsmann, der die Zeit versäumt!

Vor einer Stunde bin ich eingerückt,

Und darf mich rühmen, daß ich nicht vergebens
Mich von der Wüstensonne bräunen ließ.

Lälius.

So steht es gut im Süden?

Severus.

Ganz nach Wunsch.

Durch Gold und Gunstverheißung sind die Stämme
Vom großen Salzsee bis zum rothen Berg
Für uns gewonnen. Wenig Mühe schuf's,
Denn schwer auf ihnen lag Carthago's Joch
Und fast wie Retter wurden wir begrüßt.

Lälius.

Nun, desto besser.

Severus.

Auf dem Heimweg zog
Ich durch des untern Atlas üppig Land,
Und reichen Vorrath bring' ich mit ins Lager:
Feldfrüchte, Heerden, zwölf Kameele selbst
Mit Schläuchen auserles'nen Weins bepackt.
Im Thal der Palmen aber stieß ein Schwarm

Von wilden Kriegern zu uns, wie der Tag

Ihn bunter nie beschien: bemalte Neger,

Mit Waffen aus des Elephanten Zahn

Und Federkronen seltsam aufgeputzt,

Getulier, im geschuppten Panzerhemd

Aus Schlangenhaut auf Zebrastuten reitend,

Und Giftpfeilschützen aus dem Cedernwald.

Versprengte Schaaren sind's vom letzten Aufstand

Und durstig insgesammt auf punisch Blut.

Lälius.

Das wird den Scipio freu'n.

Severus.

      Ich hoff's. Es standen

Bei ihm die Eingebornen stets in Gunst,

Fast mehr, als billig.

Lälius.

    Freund, weil er sie braucht.

Ich hört' ihn oft gestehn: dies Afrika

Wird nur durch Afrika von uns bezwungen.

Severus.

Er mag Recht haben. Freilich, sonst war's anders.

Der Römer sah im Frembling nur den Knecht.

Man warf ihn nieder und das scharfe Schwert

Ward sein Gesetz —

Lälius.

Doch schon im nächsten Jahr

Brach die Empörung aus.

Severus.

Und ward vernichtet.

Lälius.

Ja wohl, und eine Wüste blieb uns nach

Voll Bluts und Trümmern und erstickter Flüche. —

Wenn Scipio das nicht will, wer schilt ihn drum?

Severus.

Beim Mars, nicht ich. Er ist der Feldherr Roms,

Und wär' er's nicht, freiwillig beugt' ich mich

Vor seinem Genius. Nur staun' ich oft

Und finde mich nicht gleich in seine Weise,

Der grauen Scheitel fällt das Lernen schwer.

Nicht die Verbrüdrung bloß mit den Barbaren,

Schlachtordnung, Marsch, Befest'gung — alles neu!

Anstatt des Kriegsraths plötzliche Entschlüsse,

Aus dunkler Offenbarung Strom geschöpft! —

Mir schwindelt, seh' ich diesem Jüngling zu,

Wie er auf unversuchten Pfaden schreitend

Mit den Geschicken wie mit Würfeln spielt.

Cälius.

Die alte Schule schmollt aus dir, Sever.

Wohl geht er andre Bahnen, als bis heut

Die Kriegskunst Roms, in Regeln eingerostet,

Als jener Fabius, der Zaudrer, ging.

Doch Großes wagend hat er Größeres

Nicht stets gewonnen? Nicht dem Adler gleich

Sein Ziel erflogen? Wo die Besten sanken,

Trug spielend ihn ein günst'ger Wind empor.

Den Feldherrn macht sein Geist, doch auch sein Glück:

Das ist's. Die Götter lieben ihn und decken

Mit dichten Lorbeern seine Fehler zu,

Wenn das noch Fehler sind, was wir zuletzt

Trotz alles Widerspruchs bewundern müssen.

Zweiter Auftritt.

Die Vorigen. Scipio tritt zur Linken auf, im Gespräch mit Atarbas. Sextus und andere Hauptleute folgen, zu denen sich Severus
gesellt. Später Lucan.

Scipio (zu Atarbas).

Geh, sag dem Massinissa meinen Dank

Für guten Dienst; auf seinen Vorschlag aber

Könn' ich nicht eingehn; ruhig soll' er sich

Im Kreise seiner Lagerwälle halten.

Mit Gisgon, wiss' ich, hab' es keine Noth.

(Atarbas geht ab. Scipio tritt vor zu Lälius, der im Vordergrunde
links steht, während die Uebrigen sich weiter hinten zur Rechten grup-
pirt haben.)

Seltsam — er kommt zurück und statt mir selbst

Bericht zu bringen, sendet er Atarbas,

Und geht mich an, mit seiner ganzen Macht

Nach Cirta ihn zu werfen, das von West her

Durch Gisgons Anmarsch schwer gefährdet sei.

Und dennoch weiß ich sicher, Gisgon stand

Drei Stunden gestern nur von Habrumet,

Wie käm' er jetzt nach Cirta! — Sieh die Tafel!

Unmöglich ist's und Massinissa täuscht sich.

Lälius (halblaut).

Scipio —

Scipio.

Was soll's?

Lälius.

Vergieb, und wenn er dich
Nun täuschen wollte?

Scipio.

Wüßt' ich nur, wozu!
Denn außer Zweifel steht's, er hängt an mir.
Verhaßter Argwohn! Nun, ich sah mich vor.
In wenig Augenblicken werden wir
Gewißheit haben, wie die Dinge stehn.
Bis dahin — schweigen wir!

(wendet sich zu den Uebrigen.)

Sieh da, Sever!
Sei mir gegrüßt und laß die Hand dir schütteln!
Von deines Zugs preiswürdigem Erfolg
Vernahm ich schon. Heut Abend sollst du mir
Genaues melden. Doch ruh aus zuvor
Und thu dir gütlich auf die heiße Fahrt.

Severus.

Nicht nöthig, Consul. Trotz des Schnees hier oben
Hielt dieser wetterharte Leib sich frisch.
Ich bin nicht leicht erschöpft und Tafelfreuden
Gönn' ich den Kennern. Mir ist immer noch
Im scharfen Dienst am wohlsten. Ging' es nur
Erst wieder auf den Feind!

Scipio.

Nun, dazu mag
Rath werden, Alter. Eh der Mond sich füllt,
Stehn wir im Schlachtfeld.

Severus.

Meinst du?

Scipio.

Man berichtet
Mir aus Italien heut, daß Hannibal
Sein Heer zusammenzieht bei Cap Misen.
Was wollt' er dort, wo seine Flotte kreuzt,
Wenn er nicht ernsthaft an die Heimkehr dächte?
Und denkt er dran, so zaudert er nicht lang.

Vielleicht, indem wir reden, liegen schon
Siciliens Küsten hinter ihm.

(Lucan ist eingetreten und hat leise mit Lälius gesprochen.)

Was giebt's?

Lälius.

Ein sonderbarer Vorfall wird vom Hauptmann
Des Thors gemeldet.

Scipio.

Nun?

Lucan.

Der punische
Kundschafter, den vor wenig Tagen du
Vom Strang befreit, erschien urplötzlich wieder
Zu Roß am Wall und rief den Wachen zu:
Die Maus laß' ihren Gruß dem Leu'n entbieten,
Und Syphax Wittwe, Sophonisbe, sei
Im Lager drüben. Damit wandt' er um,
Und war verschwunden.

Scipio.

Sophonisbe, sagst du?

Lälius (leife, heftig).

Du siehst, zu gut nur stimmt es.

Scipio.

Ruhig, Freund! —

Ist Flavius zurück?

Sextus.

Noch nicht.

Scipio.

Lucan!

Mein Renner soll gesattelt stehn. —

(Lucan ab. Scipio wendet sich zu den Anderen.)

Im Grund

Wär's so unmöglich nicht. Erzählt man doch

Vom Massinissa, daß er einst gehofft,

Die Königin als Gattin heimzuführen.

Entflammter Leidenschaft verzeiht sich viel.

Nur daß er mir's verschwieg! Ich wär' ihm wahrlich

Im Wege nicht gestanden —

Severus.

Wie? Du wärst —?

Scipio.

Gesteh' ich's nur! Ich wünsche diesen Bund.

Man nennt sie klug und großgesinnt, das Volk

Vergöttert sie und reicht sie am Altar

Dem ausgesprochnen Schützling Roms die Hand,

So frommt das mehr uns, als ein siegreich Treffen.

(leise, für sich.)

Wo bleibt nur Flavius!

Lälius.

Aber wenn nun Sie,

Die Tochter Hasdrubals, die glänzende,

Den Leichtbeweglichen auf ihre Seite

Hinüberzöge?

Scipio.

Das sei meine Sorge.

Ich kenne meinen Mann und halt' ihn schon.

Dritter Auftritt.

Die Vorigen. Flavius, rasch eintretend, einen numidischen Mantel über den Arm geworfen.

Scipio.

Ha, endlich! Sprich, was bringst du?

Flavius.

Herr, Gefahr!

In vollem Aufbruch fand ich die Numider,

Und keinen Streifzug, wenn nicht alle Zeichen

Betrüglich sind, nein, Abfall gilt's von Rom.

Lälius.

Hörst du?!

Scipio.

So weit sind wir noch nicht.

Flavius.

Ich schlich,

Wie du befahlst, mich ein, und scheinbar sorglos

Im staubbedeckten Wüstenmantel schlendernd,

Gewahr' ich unbeachtet was geschah.

Ein fremdes hohes Weib sah ich von fern

Durchs Lager reiten, mit den Häuptlingen

Sich eifrig unterredend, Massinissa
Hielt in verschloss'nem Zelte Rath, die Lanzner,
Erhitzt vom Weine, schnürten ihr Gepäck,
Die Reiter sattelten. Das war ein Wühlen
Und Raunen! Man verhieß geheimnißvoll
Sich goldne Berge von der nächsten Zukunft
Und mehr als Einen hört' ich froh sich brüsten,
Nun sei's vorüber mit der römischen Zucht.

Severus.

Empörung!

Lälius.

Laß uns die Verräther —

Scipio.

Still!

Ich war darauf gefaßt. Sextus, mein Roß!
Ich will die römische Zucht sie kennen lehren. — —
Lälius, du rückst mit deiner Legion
Sofort auf Cirta und versicherst dich
Der Burg um jeden Preis; sie wird dir, hoff' ich,
Kampflos die Pforten öffnen. Dir, Sever,
Vertrau' ich hier im Lager den Befehl.

Bin ich in einer Stunde nicht zurück,

So folgst du mit dem Heer mir nach und schließest

Von allen Seiten die Numider ein.

Nicht eher, hörst du?

Severus.

Wohl. Und welche Schaar

Hast du dir selber zum Geleit erwählt?

Scipio.

Den Flavius und den Liktor. Niemand sonst.

Severus.

Vergieb mir, Feldherr —

Lälius.

Scipio, rasest du?

Du willst doch nicht allein —

Scipio.

Voreil'ger Lärm

Erhöht das Uebel nur. Die Sache wird

Sich in der Stille schlichten lassen.

Severus.

Consul,

Versuch' die Götter nicht!

Scipio.

Ich bau' auf sie,
Sie sind's, die den Entschluß mir eingegeben.

Lälius.

Nimm mindstens deine Veteranen mit,
Die zehn Manipeln. Sie sind stark genug
Im Nothfall Stand zu halten, bis Sever
Mit Hülfe nachkommt.

Severus.

Lälius räth dir gut,
Nimm die Manipeln, Herr!

Scipio.

Nicht wahr, damit
Vom ersten Zufall blind dahingerissen
Ihr hitz'ger Eifer in den Kampf sie stürzt?
Damit ein Blutbad wird, und nach dem Sieg
Ein furchtbar Strafgericht ich halten muß
Und selber abhau'n, was uns wie ein Glied
Des eignen Leibes morgen fehlen würde,
Wenn plötzlich drunten landend Hannibal
Zur Schlacht uns fordert? Nein und aber nein!

Auf ihn, den Riesen, unsre Legionen!

Mit diesem Knaben wag' ich's noch allein.

Die Hand, die trotzig schon zum Schwerte griff,

Erlahmt am Heft ihm, seh' ich ihm ins Auge.

Seid unbesorgt, mein Stern ist über mir!

(Er geht ab, Flavius und die Hauptleute folgen.)

(Verwandlung.)

Vierter Auftritt.

Numidisches Lager mit weitem Ausblick auf das Atlasgebirge. Links Sophonisbens Zelt; zur Rechten, weiter zurück, die Bögen einer zertrümmerten Wasserleitung, bis zur halben Höhe mit wucherndem Schlingkraut überwachsen.

Batu. Sophonisbe. Im Hintergrunde numidische Krieger.

Batu.

Tritt aus dem Zelte, Königin. Die Stunde

Der Fahrt ist da, die du so heiß ersehnt.

In wenig Augenblicken wird der Fürst

Erscheinen, auf den Zelter dich zu heben.

Sophonisbe.

Willkommne Botschaft! Und die Schaaren sind
Bereit, wie wir?

Satu.

Blick' hier hinaus und sieh's!
In langen Reihen schon geordnet steht
Am Bug der Rosse lehnend, Speer an Speer,
Das Reitervolk, und mit dem Kriegsgepäck
Beladen harren Maulthier und Kameel.
Nichts fehlt zum Aufbruch, als des Führers Wink.

Sophonisbe.

Was läßt ihn zögern? Hätten wir den Dampf,
Der diese schmalen Lagergassen füllt,
Erst hinter uns! Unheimlich weht er mich
Wie römische Fieberluft, beklemmend an
Und unter meinen Füßen brennt der Boden
Wie Lavaglut.

Satu.

Getrost! Da naht der Fürst.

Fünfter Auftritt.

Die Vorigen. Massinissa, Atarbas, Adherbal, Sarkas, Menallar und andere numidische Hauptleute.

Massinissa.

Das ist ein Donnerschlag aus blauer Luft!

Er weist den ganzen Plan zurück?

Atarbas.

Er thut's.

Der kluge Wächter will der Brut des Panthers,

Die er sich zähmte, nicht mit eigner Hand

Den Käficht öffnen. Er verweigert uns

Den Streifzug, unter dessen Vorwand du

Dein Kriegsvolk ihm hinwegzuführen dachtest,

Und heißt dich still bei beinen Zelten ruhn.

Massinissa.

O dieser Scipio!

Sarkas.

Sprich, was soll geschehn?

Entscheide dich! Gefahr ist im Verzug.

Adherbal.

In blinder Hast noch größ're. Laß dich warnen!

Solch Unternehmen bricht sich nicht vom Zaun.

Gieb's auf für heute, daß zur Ueberlegung

Wir Zeit gewinnen. Mit Gewalt den Weg

Uns bahnen wollen, wäre sichrer Tod.

Im offnen Felde von den Legionen

Beim ersten Anlauf würden wir erdrückt.

So frommt dir nichts als Warten —

Massinissa.

Kann ich's noch?

Wir sind zu weit gegangen. Jede Stunde

Kann unsern kecken Anschlag, den bis jetzt

Er höchstens ahnt, ihm zur Gewißheit stempeln.

Die Truppen wissen was es gilt, wie hielten

So viele Tausend das Geheimniß fest!

Nein, was geschehn soll, muß sogleich geschehn.

Doch blickt zum Himmel! Hülfreich zeigt ein Gott

Uns selbst den Ausweg. Mit Gewölk umzieht

Vom Atlas her der Abend seine Stirn,

Die Sonne taucht sich in ein Meer von Blut

Und kündet eine Nacht voll Sturm uns an.

Laßt uns sie nutzen! Während ruhig hier

Die Feuer glühn und auf den Wällen rings
Der Posten hergebrachte Zahl zurückbleibt,
Mit Ruf und Hörnerton die Nacht hindurch
Das Ohr der Römer täuschend, führen wir
Durchs Hinterthor, die breite Schlucht hinab
Im Schutz des Dunkels still das Heer von dannen.
Gelingt's, so sind wir mit dem Frühroth schon
In Cirta's sichrer Burg —

Adherbal.

Und wenn ein Blitz
Dem Feind uns zeigt, wenn seiner streifenden
Geschwader eins uns trifft, wenn das Gewieh'r
Der brünst'gen Rosse uns verräth — was dann?

Atarbas.

Adherbal sagt's: du heischst ein Wagestück,
Das leicht mißlingt. Und fast gereut's mich jetzt,
Daß deinem Dringen ich mein Ohr geliehn.
Der Einsatz ist in diesem Spiel zu groß,
Der Preis zu klein. Was gilt uns dies Carthago,
Das, siegen wir, noch mit der Löhnung kargt,

Und wenn wir sieglos sind, uns kreuz'gen läßt?
Hier weiß man doch was Kriegsbrauch ist —

Massinissa.

Unsel'ger!

Du trittst zurück?

Atarbas.

Das sagt' ich nicht. Du hast

Mein Wort. Nur mein' ich, die Gefahr —

Sophonisbe (plötzlich dazwischentretend).

Gefahr?!

Und rollt numidisch Blut in deinen Adern?
Bist du ein Sohn der Wüste oder bringt
Nur noch die Thierwelt Löwen dort hervor?
Nein, deine Wiege stand am Pol, dich hat
Ein scythisch Weib mit bleicher Furcht gesäugt,
Kein Sonnenfunke drang in deine Seele,
Und wenn dein Antlitz Libyens Farbe trägt,
So ist's ein Spiel nur der Natur! Gefahr!
Das war der Klang, der eure Väter lockte
Wie die Drommet' ein Roß, das war der Kelch

Voll süßen Palmweins, drin sie sich berauscht.

Sie suchten sie, so wie in euren Märchen

Der braune Hirt die Königstochter sucht!

Und ihr — o Schmach! — ihr bebt vor ihr zurück,

Da winkend sie in ihres Schleiers Falten

Das Heil euch bringt! Selbst die Verzweiflung lehrt

Euch nicht mehr kühn sein. Denn verzweifelt stehn,

Beim Abgrund, hier die Würfel. Wagt ihr nicht,

Nicht diese Nacht noch den beschloss'nen Zug,

So seid ihr morgen, eh der Abend graut,

Im eignen Netz gefangen. Geht dann, fleht

Den Römer um eu'r Leben an! Vielleicht

Gewährt er's euch, und ihr dürft Zeugen sein,

Wie vom Altar die Götter Afrikas

Er niedertrümmert und Numibiens Stolz,

Der alten Kön'ge tausendjähr'ge Burg,

In Flammen aufgehn läßt. — Wollt ihr das tragen,

So thut's! Und freut euch eures richt'gen Solds!

Ich trüg' es nimmermehr —

Sarkas.

Soll euch ein Weib

Beschämen, Freunde? Wahrlich, sie hat Recht;
Hier ist die Kühnheit Klugheit.

Menalkar.

Rückwärts führt
Kein Pfad uns mehr, so laßt uns vorwärts gehn!

Atarbas.

Sei's drum! Man soll nicht sagen vom Atarbas,
Er blieb zurück, wo so viel Schönheit ihm
Das Banner vortrug —

Sarkas.

Führ uns, Königin,
Wir folgen dir!

Alle.

Führ uns, wir folgen dir!

Sophonisbe.

Wohlan denn! Eilt zu euren Schaaren, zündet
Die Lagerfeuer an und heißt die Reiter
Aufsitzen!

(Batu ab.)

Schon erlischt der Tag und dumpf

Des Zugs Geräusch verschlingend braust der Wind.

Wir brechen auf, sobald es finster ward.

(Ein lautes Hornsignal ertönt.)

Massinissa.

Horch, Hörnerruf! Was giebt's?

Sechster Auftritt.

Die Vorigen. Ein Hauptmann, gleich darauf Scipio.

Hauptmann (hereinstürzend).

Der Scipio!

Massinissa.

Er rückt heran?

Hauptmann.

Er ist im Lager schon.

Atarbas.

Wir sind verrathen!

Massinissa.

Götter!

Sophonisbe.

Sei ein Mann!

Jetzt gilt's das Letzte.

Scipio (hinter der Scene).

Nimm das Roß mir ab
Und führ's am Zügel, Bursch!

(tritt auf.)

Was geht hier vor?
Gezäumte Renner, fliegende Paniere,
Die ganze Schaar gerüstet wie zur Fahrt!
Was soll das? Gebt mir Antwort! Wer befahl's?

Sophonisbe.

Dem zu befehlen hier geziemt, der Fürst
Numidiens.

Scipio.

So hat er, beim Olymp,
Die Botschaft, die ich sandte, schlecht verstanden.
Zu bleiben, nicht zu ziehn gebot ich ihm.
Wie? Oder ward dir's anders ausgerichtet?
Sprich, Massinissa!

Sophonisbe.

Mich laß reden, Mann!
Wozu das Lügenspiel, das Niemand täuscht?
Denn wohl erkennt dein Sinn, was hier geschehn.

So hör's mit Worten denn und zittre: Ja,
Du haft den Feind im Lager! Diese sind
Abschwörend Roms verhaßte Dienstbarkeit
Zurückgekehrt zu ihren Heimatgöttern
Und werfen kühn Carthago's Banner auf.
Dich aber, Consul, hat zu dieser Stunde
Dein böser Stern verderbend hergeführt;
Du stehst auf einem berstenden Vulkan,
Und seine Glut schlägt auf, dich zu verschlingen.

Scipio.

Sie zu ersticken komm' ich eben recht.
Laß sehn doch, wer im Lager hier der Herr ist,
Der Scipio, oder ein mänadisch Weib! — —
Im Namen des Senats und Volks von Rom:
Der Ruf zum Aufbruch, sag' ich, war ein Irrthum,
Und wer ihm folgt, verfällt dem Kriegsgesetz.
Laßt zum Entsatteln blasen! Augenblicks!
Laßt blasen, sag' ich —

Sophonisbe.

Wagst du's, uns zu höhnen?

So nimm dein Blut denn auf dein eigen Haupt!

Er ist in unsern Händen, stoßt ihn nieder!

Scipio (zieht das Schwert).

Ha, stehn die Dinge so? Wohlan! Versucht's!

Ich aber sag' euch: Nicht in euren Händen,

Nur in der Götter Händen ruht mein Loos!

Heran! Hier steh' ich, Einer gegen Tausend,

Doch mit demantnen Schilden, Schaar an Schaar,

Stehn um mich her die Eide, die ihr schwurt,

Die Unsichtbaren, die den Meineid rächen!

Und so gewappnet trotz' ich eurem Grimm.

Wer tastet an das heil'ge Haupt des Feldherrn?

Wer hebt die Hand auf wider Scipio!

Die Hauptleute lassen die Waffen sinken, stummes Spiel während der
folgenden Reden.)

Sophonisbe.

Gedenkt der Heimat! In den Staub mit ihm!

Den fremden Unterdrücker schützt kein Gott!

Scipio.

Nun? Hört ihr nicht, was euch dies Weib gebeut?

Die Götter, sagt sie, wissen nichts von mir.

Was säumt ihr denn? — Schreckt euch dies Schwert vielleicht,

Das euch so oft zum Sieg vorangeleuchtet?

Hier werf' ich's fort. Seht, wehrlos steh' ich da;

Ein Kind in Waffen brächte mich zu Fall,

Und ihr seid Männer, die in Scipio's Schule

Dem Tod ins Antlitz trotzen lernten. Macht

An eurem Meister nun eu'r Probestück!

Stoß' zu, Menalkar! Wohl erkenn' ich dich,

Ich riß dich weg vor'm Zahn des Elephanten,

Den schon Gesunknen, — Karthalo, komm an!

Aus meinem letzten Becher tränkt' ich dich,

Da du verschmachtend lagst. Wo bleibst du, Juba?

Drei Tage sind's, da drückt' ich dir den Kranz,

Der Tapfern Preis, auf's jugendliche Haupt. —

Ihr Andern all, mit denen wie ein Bruder

Ich Glück und Noth getheilt, was zaubert ihr?

Heran! Hier öffn' ich meine Arme, taucht

Die Speere, dran ich euch den Ruhm geheftet,

Taucht sie in diese Brust und dankt mir so!

(Die Hauptleute sind zurückgewichen.)

Sophonisbe.

Entsetzlicher!

Scipio.

Ihr säumt? Ihr weicht zurück?
Kein Einz'ger will von euch an seinem Feldherrn
Zum Mörder werden? Keiner sich die Hand
Meineidig röthen? — Nein — Auf eurem Antlitz,
Täuscht mich nicht Alles, les' ich Reu und Scham.
Ein fremder Wille, fühlt ihr, trieb euch sinnlos
Auf diesen Pfad der Schuld, — und gern vielleicht,
Wär's möglich, kehrtet ihr zur Pflicht zurück? —
Ihr hebt die Arme bittend auf? Ihr wollt's? —
Wohlan, so wißt es denn: ich kam nicht her
Ein Blutgericht zu halten, nein, ich kann
Verzeihn, dafern ihr selbst euch wiederfindet.

(Die Hauptleute stürzen vor ihm nieder.)

Sarkas.

Zu deinen Füßen sieh uns, Herr!

Scipio.

Steht auf!
Seid was ihr wart, der Wüste kühnst Geschlecht,

Roms treue Bündner, und vergessen will ich
Wie eines Trunknen Wort was ihr gefehlt.

Doch laßt euch nicht zum andermal berauschen:
Ich müßt' unbeugsam wie des Orkus Mächte,
Ein Rächer, mit den Legionen nah'n
Und scharf genug, beim Haupte der Medusa,
Wär', euch zu zehnten, meines Liktors Beil.

Massinissa (tritt vor).

Ich danke dir, daß den Verführten du
So milde warst. Vollende jetzt und sprich
Das Urtheil über den Verführer aus.
Ich brach die Treue Rom und brach sie dir
Und habe nichts, was mich entschuld'gen könnte,
Kein Wort der Reue selbst. Mein Schicksal war's,
Was mich dahinriß; mög' es sich vollziehn!
Um eins nur bitt' ich dich: laß nicht dies Weib
Für mein verhängnißvoll Beginnen büßen!
Ich bin der Schuld'ge, nimm mein Haupt dahin!

Scipio.

Ich will dein Haupt nicht. Allzureiche Hoffnung

Hab' ich darauf gebaut, als daß ich sie

So rasch mit eigner Hand in Trümmer schlüge.

Ich gebe dich nicht auf. Und was vielleicht

Der Oberfeldherr Roms nicht wagen sollte,

Der Scipio wagt's, der Freund, weil er dich kennt.

Du bist aufs neu in deinem Führeramt

Von mir bestätigt. In der nächsten Schlacht

Stehst du mit diesen hier im Vordertreffen.

Dann zeigt der Welt, die nicht an Ehre glaubt,

Daß Scipio Recht that, daß er euch vertraute.

Die Hauptleute (ihre Waffen schwingend).

Heil Scipio! Heil!

Massinissa.

    Zu Boden wirfst du mich

Und hebst mich wie mit Götterarmen auf.

Doch Sie — doch Sophonisbe — sprich!

Scipio.

       Sie hat

Sich schwer vergangen wider uns. Doch war

Ein finstrer Geist, der sie allmächtig trieb,

Der Dämon der Verzweiflung über ihr.

Und was zu meiden mehr als Menschenkraft

Gefordert hätte, räch' ich nicht als Frevel.

Die ehrenvollste Haft sei ihr gewährt.

Du selbst behütest sie. Und daß ihr Schmerz

Blind um sich rasend uns nicht abermals

Gefährde, geb' ich ihm ein würdig Ziel.

Noch liegt der Leichnam ihres edlen Gatten

Im Zelt der Todten drüben. Schafft ihn her!

An seiner Bahr' entlaste sie in Thränen

Ihr stürmend Herz. Doch ihr bereitet euch,

Den tapfern nur vom Tod besiegten Feind

Mit königlichen Ehren zu bestatten.

Auf Wiedersehn am Katafalk! Lebt wohl!

(Wendet sich zum Gehen.)

Die Hauptleute.

Heil Scipio! Heil!

(Scipio geht, die Hauptleute drängen nach. Sophonisbe, die seit-
wärts gestanden, tritt in die Mitte der Bühne.)

Sophonisbe.

Beschämt! Besiegt! Vernichtet!

O wer verlieh dir, Schrecklicher, die Macht,
Die mich zermalmt und mit Bewundrung füllt!
An meines Lebens Sternen werd' ich irr —
Schirmt mich, ihr guten Götter! Welch ein Mann!

(Der Vorhang fällt.)

Vierter Aufzug.

Das Innere eines Zeltes, zur Rechten ein niedriges, mit einem Tigerfell bedecktes Feldbett, links ein einfacher Tisch.

Erster Auftritt.

Sophonisbe, in Gedanken versunken auf dem Feldbett sitzend. Batu, eine Schale mit Früchten in den Händen, tritt im Hintergrunde auf.

Batu.

Gebieterin!

Sophonisbe.

Du, Batu?

Batu.

Zürne nicht,
Wenn meine Sorge dich aufs neue mahnt.
Willst du nicht Speise nehmen, Königin?
Zum andernmal, seitdem wir unsern Herrn
Zur Gruft bestattet, geht die Sonne nieder
Und jede Labung hast du noch verschmäht.

Kein Schlaf hat dich erquickt. Dein Lager suchend
Und immer jählings wieder aufgejagt,
Als glüht' ein Feuerpfeil in deiner Seele,
Durchschrittest du das Zelt die ganze Nacht.
Auch jetzt in dumpfes Brüten theilnahmlos
Versunken find' ich dich. O reiß dich auf
Aus diesem Bann! Erquicke dich und sprich!

Sophonisbe.

Du meinst es gut. Setz hin!

Bata.

     Es ist wohl fromm,
In Treuen der Geschiednen zu gedenken
Und Leid zu tragen um ein theures Haupt.
Doch nicht vernichten soll uns solch ein Gram.
Das Wort erleichtert die beklemmte Brust,
Und was das Wort nicht thut, das thut die Thräne.
Du aber zehrst dich schweigend auf. Man sagt,
Zu großer Kummer stört der Todten Ruh.
Wenn dein Gemal sich so betrauert wüßte,
Er hieß' es selbst nicht gut.

Sophonisbe.

Gewiß, er hieß' es
Nicht gut, vermöcht' er in mein Herz zu sehn.

Bain.

So nimm denn Trost an! Hebe wiederum
Das Haupt empor. Gehorche dem Bedürfniß,
Daß dich die Stunde, wenn sie dir vielleicht
Urplötzlich einen Weg der Rettung zeigt,
Gerüstet finde. — Deinen Abscheu, wahrlich,
Vor unsern Unterdrückern tadl' ich nicht.
Und doch, vergieb mir, war es wohlgethan,
Was Scipio sandte, stolz zurückzuweisen?
Der Wein, die Früchte hätten dich erquickt,
Die weichen Teppiche vielleicht den Schlaf
Auf dein ermüdet Haupt herabgezogen.
Auch hätt' ein kluges Wort des Danks gedient,
Den Blick des Wächters einzuschläfern —

Sophonisbe.

Schweig!
Ich will von seiner stolzen Großmuth nichts.

Batu.

Bedenk —

Sophonisbe.

Ich darf nur eins bedenken, eins:

Er ist ein Römer, ist mein Todfeind, ist

Ein Fluch im Mund Carthago's. Könnt' ich's je

Vergessen, weh mir!

Batu.

Sonst macht Liebe blind,

Doch du bist blind in deinem Haß.

Sophonisbe.

So bitte

Die Götter, daß sie nie mich sehend machen!

Denn nur in dieser Finsterniß ist Heil —

Wer naht? — All ihr Unsterblichen! Er selbst!

(Scipio ist eingetreten. Batu grüßt ihn stumm mit über der Brust
gekreuzten Armen und geht.)

Zweiter Auftritt.

Sophonisbe. Scipio.

Scipio.

Ich komm', in deines Zeltes Einsamkeit
Dich aufzusuchen, Fürstin, weil du streng
In deines Kummers Schleier dich verhüllend
Dein Antlitz uns verbirgst. Ein freundlich Wort
Wirst du zurück nicht weisen, wenn du gleich
Die stummen Zeichen gastlicher Gesinnung
Bisher verschmäht hast.

Sophonisbe.

Kann die Hindin auch
Des Wolfes Gast sein? — Laß mich, wie ich bin!
Zum Lager dient mir diese Tigerhaut
Und die Olive, die vom Baume fällt,
Stillt meinen Hunger. Was darüber ist,
Ziemt der Gefangnen nicht.

Scipio.

Ich achte dich
Um diesen Stolz und möcht' ihn dir nicht nehmen,

Nur sanft ihn beugen, wie die Frucht den Ast,
Dir selbst zum Heil. — Daß dir der bunte Schmuck,
Der äußre Prunk des Lebens eitel jetzt
Erscheint, begreif' ich. Doch vielleicht gelingt's,
Dir minder Unwillkommnes auszufinden,
Was trüben Sinn erfrischt. Man sagt, du liebst
Mit Speer und Bogen durch die Flur zu schweifen
Und folgst der Spur des Wilds Dianen gleich.
Zieh denn hinaus, im Waidwerk dich zu lüften!
Dein Wort nur gieb mir, daß du nicht entfliehst,
Und Roß und Waffen, Meut' und Falken sind
Für dich bereit.

Sophonisbe.

Laß ab! Kann ich der Kluft
Vergessen, die uns unerbittlich trennt?
Soll ich vom Feinde —?

Scipio.

Von ihm lernen sollst du,
Daß großer Sinn beschränkten Haß nicht kennt,
Und sein Vertrauen lohnen mit Vertrau'n. —
Die Hand, die deine Wunde kühlen will,

Warum sie trotzig von dir stoßen? Nein,
Das Werk der Heilung hilf ihr selbst vollenden!
Ins Leben gern aus dieser Schwermuth Schatten,
Zur Lust am Dasein führt' ich dich zurück.
Zeig' mir den Weg! Und was vom Frembling du
Vielleicht, vom Römer nicht begehren magst,
Gebiet' es deinem Freunde. Massinissa
Hat Vollmacht, jeden Wunsch dir zu erfüllen.
Du weißt, er dient dir gern —

Sophonisbe.

O nichts von ihm! —
Ich seh, du meinst es gut, und finde doch
Kein Wort des Danks für dich in meiner Seele,
So überlaß mein störrisch Herz sich selbst!
Der Dienste brauch' ich nicht, am wenigsten
Von seiner Hand.

Scipio.

Vergieb, wenn arglos ich
An ein Geheimniß deiner Brust gerührt,
Das du in wehmuthsvoller Scheu noch bargst.
Erröthe nicht darum! Das Leben, weiß ich,

Behauptet ewig vor dem Tod sein Recht
Und rascher, wo das Schicksal mächtig drängt,
Erlischt der Anspruch der Vergangenheit.
Du bist zu jung, um hoffnungslos zu sein,
So laß mich immer denken, daß für dich
Nach so viel Leid an meines Freundes Hand
Ein neues Glück noch blühn soll.

Sophonisbe.

Nimmermehr!

Scipio.

Verschwör' es nicht zu hoch. Die Götter könnten
Beim Wort dich nehmen.

Sophonisbe.

Mögen sie! Dies Nein
Kam aus der Seele mir. Unwiderruflich
Sind wir geschieden, weil — ihr ew'gen Mächte!
Was red' ich! —

Scipio.

Sprich es furchtlos aus: weil er
Zu Rom zurückgekehrt.

Sophonisbe.

Du sagst es — Nein!
Ich kann vor dir nicht falsch sein, kann dich nicht
Mit halber Wahrheit listig hintergehn.
Nicht mein carthagisch Blut allein, mein Herz
Weist ihn zurück. Und wenn er sich noch heut
Von Rom lossagt' und, wie er's jüngst im Rausch
Verhieß, mir alle Kronen Afrikas
Zu Füßen legte, niemals könnt' ich doch
Die Seine werden, niemals.

Scipio.

Nun so weiß ich,
Beim Jupiter, nicht was ich denken soll.
So dunkle Räthsel gab die Sphinx nicht auf.
War dieser Bund denn, Unbegreifliche,
Nicht schon in deines Herzens Rath beschlossen?
Hast du, ihn rascher zu besiegeln, nicht
Die Brust mit Erz umpanzert, nicht gewagt
Was sonst kein Weib wagt? Und voll Abscheu nun
Schrickst du davor zurück, entsetzt, als hätt' ich

Der Gorgo Schlangenantlitz dir gezeigt?
Wie soll ich's fassen?

Sophonisbe.

Frag' mich nicht, ich habe
Ja selbst kein Wort dafür. Denk' was du willst,
Selbst, daß ich schwach und klein und treulos sei,
Ein blinder Spielball wankelmüth'ger Laune —
Nein, denk' es nicht! Denk' lieber, daß ein Gott
Voll Mitleid über mein verworren Herz
Im Wetterleuchten zu mir niedersteigend
Das Urbild meiner Sehnsucht mir gezeigt.
Nun steht es hier und nimmer lösch' ich's aus,
Der Hoheit Siegel auf der Stirn und, ach,
Mit keinem Zuge deinem Schützling ähnlich,
Der alles was du willst ist, nur kein Mann!

Scipio.

Was er nicht ist, das mach' aus ihm! War je
Ein Weib geschaffen, eines Jünglings Seele
Zur Heldengröße zu erziehn, bist du's.
Du hast was ein erlaucht Gemüth entflammt,
Gebrauche deine Macht, entfach' in ihm

Zur Glut den edlen Funken und das Glück
Vergönn' ihm, neben dir emporzuwachsen! —
Beim Gott des Lichts, wär' ich nicht der ich bin,
Ich könnt' ihn drum beneiden —

Sophonisbe (ausbrechend).

Scipio!

Scipio.

Genug! Zu viel schon! Nicht in deinem Herzen
Dich zu bedrängen kam ich her; ich kam
Vom trüben Druck der Haft dich zu befrein.
Ergreif' denn was ich bot! Ich will darin
Ein Zeichen sehn, daß du uns achten lerntest,
Und will's bir danken. — Mag gemeiner Sinn
Am Fall des edlen Gegners sich erfreu'n!
Der Feindschaft Ende bleibt ein schön'rer Sieg.
Lebwohl!   (Er geht.)

Dritter Auftritt.

Sophonisbe allein.

Steht denn die Erde noch? Ist das
Der alte Himmel droben? Oder ward

Die Welt verwandelt und ich selbst vertauscht?

Der Römer hier in meinem Zelt, und ich,

Statt ihm den ganzen Ingrimm meines Stamms

Wie einen Blutstrom ins Gesicht zu schleudern,

Verwirrt und machtlos vor ihm, trunknen Ohrs

Auf seine Stimme lauschend, gleich der Hindin,

Wenn sie den Ruf des Edelhirschs vernimmt!

Ein Augenblick noch, und mein rasend Herz

Mit Allem, was ich nie mir selbst gestand,

Lag preisgegeben vor ihm da! — O brecht

Hervor, Thränen der Scham! Sprengt alle Schleusen,

Daß ich in eurem gränzenlosen Schwall

Vergehen mag! — Umsonst! Umsonst! Ihr lügt

Stürmische Tropfen! So weint Reue nicht,

So schmilzt das willenlose Eis dahin

Am Kuß des Sonnenjünglings. — O was ward

Aus dir, du stolzes Herz! — Du bist entwaffnet,

Und trinkst Entzücken noch im Kelch der Schmach.

Vierter Auftritt.

Sophonisbe. Batu. Später Massinissa.

Batu.

Nun dämpfe deine Trauer, Königin,
Und schließ dein Herz der Hoffnung wieder auf!
Mit guter Zeitung komm' ich —

Sophonisbe.

Was vermöchtest
Du mir zu bringen, das mich freuen soll?

Batu.

Die Götter haben uns nicht ganz verlassen.
Wonach ich, seit uns diese Haft beklemmt,
Luchsäugig umgespäht, ich hab's entdeckt:
Den Weg zur Flucht. Nur ein entschlossen Herz
Und leisen Schritt bedarf's, und wir sind frei
Noch diese Nacht —

Sophonisbe.

Unmöglich!

Batu.

Hör' mich erst,

Und die Verzweiflung, die dich niederdrückt,
Wird neuem Muthe weichen.   Wunderbar
Begünstigt uns des Orts Gelegenheit.
Wo Scipio lagert, stand einst Massylis,
Der Kön'ge Lustschloß, das Hamilkars Zorn
Im Söldnerkrieg verbrannt.   Ich kenne, Fürstin,
Genau den Platz; in meinen Knabenspielen
Durchklettert' ich die Trümmer tausendmal
Und trieb mich in den finstern Gängen um,
Die wie ein unterirdisch Labyrinth
Sich stundenweit aus des Pallastes Kammern
Fortziehn bis ins Gebirg.   Wie segn' ich heut
Die kind'sche Neubegier! Denn solch Gewölb
Ließ mich ein Gott im Ring des Lagers hier
An sichern Zeichen wiederum entdecken.
Der Zugang, hoch von Unkraut überhüllt,
Sieht einem Riß im alten Mauerwerk
Der Wasserleitung gleich, und Niemand ahnt,
Daß dort ein Pfad sich birgt.   So steht das Thor
Zur Flucht uns offen.   Leicht erreichen wir
Im Schutz der Dunkelheit den Gang und sind,

Dafern die Huld der Ew'gen uns geleitet,
Weit in den Bergen, eh' die Hähne kräh'n.

Sophonisbe.

Unmöglich, sag' ich dir.

Batu.

O gieb dein Herz
Dem Zweifel nicht zum Raube, weil das Glück
Dir unerwartet naht! Befürchte nicht,
Daß ich mich täuschte! Sichrer seines Wegs
Ist nicht der Steuermann, dem schon die Glut
Des Leuchtthurms hell ins Auge scheint, als ich.

Sophonisbe.

Ich glaube dir und doch —

Batu.

Und doch? — Erfuhrst du
Denn nicht das Aergste? Zehrt sich nicht dein Mark
In ew'ger Sehnsucht nach der Freiheit auf?
Und nun ein Blitz aus blauen Himmelshöh'n
Herabflammt, deiner Fesseln Erz zu schmelzen,
Nun kannst du zaubern?

Sophonisbe.

Warum sangst du mir
Nicht früher diesen Laut! Noch gestern hätt' ich
Wie einen Boten dich des Heils begrüßt.
Jetzt ist's zu spät.

Satu.

Zu spät? Wie?

Sophonisbe.

Weil die Ehre
Der Freiheit in den Weg trat. Dieser Römer
Hat mir ein königlich Vertrau'n geschenkt.
Ich kann's nicht täuschen.

Satu.

Ha, der Listige!
Er kannte dich, daß keine Furcht dich zwingt,
So pfiff er dir ein edelmüthig Stückchen
Und hatte dich im Garn. Nein, nein, du wirst
Dich so nicht blenden lassen, Königin.
Die Götter senden dir ein hülfreich Wunder,
Die Erde selbst thut ihren dunklen Schooß
Dich zu erretten auf, und undankbar,

Bloß weil ein kluger Feind dir Großmuth heuchelt,

Verschmähtest du das dargebotne Heil?

Sophonisbe.

Du sprichst umsonst.

Saïn.

Bei beines Vaters Haupt

Beschwör' ich dich —

(kniet.)

Sophonisbe.

Steh auf! Ich kann nicht fliehn.

Doch preis' ich dies Geschick. Ich fühlte mich

So ganz erdrückt vor dem Gewaltigen,

Durch seinen hohen Sinn so ganz vernichtet;

Nun athm' ich wieder, da ich Gleiches ihm

Rückzahlen mag.

Saïn.

So helfe dir ein Gott

In deiner Noth! O diesen Hochgesinnten,

Du wirst ihn kennen lernen dort in Rom

Am Tag des Einzugs, wenn er schonungslos

Carthago's schönstes Weib mit nacktem Fuß

In Fesseln hinter seinem Wagen schreitend
Dem Pöbelschwarm zur Schau stellt beim Triumph.

Sophonisbe.

Nichtswürd'ger Argwohn!

Saïn.

Trau dem Tiger nur!
Mag sein, daß er's für gut hält, heute noch
Die Krallen freundlich spielend einzuziehn,
Sie lauern drum nicht minder mörderisch
Auf die gewisse Beute. Glaub, er risse
Das Herz sich eher aus der stolzen Brust
Und würf' es stückweis dir zu Füßen hin,
Als daß er mitleidsvoll um deinetwillen
Nur einen Schatten opferte von dem,
Was seines Sieges Pomp erhöht. Was fragt
Der Mann im Lorbeer, wenn sein Tibervolk
Ihn jauchzend grüßt, nach der Barbarin Jammer?
Er sieht nur seinen Kranz, indem er dich
Zertritt.

Sophonisbe.

Ich sage dir, er denkt nicht dran.

Satu.

Er denkt daran, so wahr er Römer ist.
Ich hab's aus seinem Munde.

Sophonisbe.   .

                    Mensch, du lügst!
Wie sollt' er dir auch —

Satu.

                    Gestern war's. Er stand
Im Kreis der Feldherrn dort am Lagerthor,
Doch jedes Wort vernahm ich. Jetzt erst, sprach er,
Begehrungswürdig dünk' ihn der Triumph,
Da dich ein Gott in seine Hand gegeben.

Sophonisbe.

Es kann nicht, kann nicht sein —

                    (Massinissa ist aufgetreten.)

Satu.

                    Frag diesen da!
Er war dabei.

Massinissa.

Vergieb, wenn ich —

Sophonisbe.

Dich führt

Das Schicksal her. Laß Alles jetzt! Ein Wort
Von dir nur will ich, nur ein einzig Wort.
Mein Leben gilt's. Ist's wahr, was dieser Alte
Mit irrem Mund behauptet, ist es wahr,
Daß Scipio gestern — nein es ist ein Wahnsinn —
Daß Scipio vom Triumph sprach — und von mir?
Sprich! Antwort will ich. Warum zauderst du? —
Er that's?

Massinissa.

Er that es.

Sophonisbe (aufschreiend).

O!

(Sie verhüllt sich. Pause. Der Schleier fällt wieder.)

Massinissa.

Himmlische Mächte!

Was ist dir? Einer Todten siehst du gleich
Und deine Hand ist Eis. — O starre nicht
So fürchterlich ins Leere!

Satn.

Faſſe dich!
Bei allem, was dir heilig, Königin,
Gebiete dieſem Sturme!

Maſſiniſſa.

Konnt' ich ahnen,
Daß mein unſelig Wort ſo tief —

Sophonisbe.

Hinweg!
Hinweg! Mich quält eu'r gleißend Angeſicht.
Nach Schlangen ſehn' ich mich und Krokodilen
Und nach des Schakals blutigem Geheul.
Darin iſt Wahrheit. Was auf Menſchenſtirnen
Geſchrieben ſteht, das lügt!

Maſſiniſſa.

Wohin verirrt
Dein edler Geiſt ſich!

Sophonisbe.

O, ein Dämon hat
Der Welt Gepräg vertauſcht! Die Majeſtät,
Die göttergleich auf Heldenbrauen thront,

Erniedrigt sich zur schlauen Kupplerin. —
Berechnung ist ihr Gruß und all ihr Lächeln
Wie Sodomsäpfel, außen roth geschminkt
Und innen Fäulniß! —

Salu.

Herrin, schone dich!

Sophonisbe.

Daß die Hyäne falsch ist, sagt ihr Blick,
Die gift'ge Kröt' ist scheußlich von Gestalt,
Man sieht sie nur und flieht — Doch wer mißtraut,
Wenn stolze Kraft das lauterste Gewand
Der Wahrheit stiehlt zu schnödem Gaukelspiel!
O jeder Zug war Güte, jede Regung
Bewegter Antheil, als er auf die Lippen
Das Herz mir lockte; seiner Stimme Ton
So Trostes voll, daß wie vor Orpheus Lied
Mein Gram bezaubert einschlief und das Blut
Des Hasdrubal nicht seines Ursprungs mehr
Gedachte — Hättet ihr den Ton gehört,
Mit eurem Leben hättet ihr dafür
Gebürgt, er meint' es treu. Und alles das.

Verruchtes Blendwerk nur, um unbemerkt

Mich sichrer anzuschmieden, nur der Brocken,

Mit dem gefühllos man das wilde Thier

Im Käsicht füttert auf den Tag des Kampfspiels!

Wohlan! Habt euren Willen! Menschlichkeit

Fahr' hin! Die Tigerin wacht auf in mir

Und Rache lechz' ich, Rache!

Satn.

Dieser Zorn

Wird dich verzehren, Fürstin.

Sophonisbe.

Daß er's thäte!

Ich stürb' in Flammen. — Nein, hinweg Gedanken

Der thatenscheuen Feigheit! — Massinissa,

Ich hab' ein Wort mit dir.

(Sie ergreift Massinissa's Hand und führt ihn vor.)

(Satn entfernt sich.)

Fünfter Auftritt.

Sophonisbe. Massinissa.

Sophonisbe.

Du schwurst mir einst,
Daß du mich liebtest. Heut bewähr' es mir.
Nach Sühnung schreit in Todesqual mein Herz.
Geh hin und thu' was noth ist!

Massinissa.

Sophonisbe!
Bei allen Göttern der Barmherzigkeit —
Versteh' ich dich?

Sophonisbe.

Er darf nicht leben — Geh!

(Massinissa schweigt und macht eine ablehnende Bewegung.)

Sophonisbe.

Du weigerst mir's?

Massinissa.

Fordre was menschlich ist!
Dies kann ich nicht.

Sophonisbe.

Ist das dein letztes Wort?

Massinissa.

Mein letztes. — —

(Pause.)

Sophonisbe.

Sei's denn! — Folge deinen Sternen!
Wir sind zu Ende.

(Winkt ihm zu gehen.)

Massinissa.

Deine Stimme bebt,
In deinem Auge brennt die Glut des Fiebers.
Soll ich dich so verlassen?

Sophonisbe.

Ich bin ruhig,
So ruhig, wie die Wüste, wenn der Samum
Vorüberbrauste. — Was verziehst du noch?
Ich sagte dir, daß wir zu Ende sind.
Lebwohl!

Massinissa.

Du willst es.

(Wendet sich und geht bis zum Eingang, dann kehrt er plötzlich um.)

Sophonisbe, haſſe

Mich nicht! Ich kann nicht anders.

Sophonisbe.

Du biſt Du.

Wer ſchilt dich drum? — Lebwohl!

(**Maſſiniſſa** verhüllt ſich und ſtürzt fort.)

Sechster Auftritt.

Sophonisbe. Später Bata.

Sophonisbe (allein).

Ich konnt' es wiſſen,

Doch ich war feig, auf fremde Schultern gern

Hätt' ich die Laſt gewälzt. Da brechen ſie

Zuſammen.

O die ew'gen Mächte ſind

Gerecht! Sie legen mir das Ungeheure,

Mir ſelber auf. Verrath war dieſe Glut —

Nun muß ich, selbst verrathen, rächend ihn
Mit eigner Hand den Heimatgöttern opfern.

(Sie macht einen Gang durch das Zelt und wendet sich dann zum Vorhang
der Pforte.)

Batu!

Batu (erscheint.)

Du riefst, Gebiet'rin?

Sophonisbe.

Jener Gang
Führt ins Gebirge? Sagtest du nicht so?

Batu.

Zur Linken ja, nach Aufgang hin.

Sophonisbe.

Und rechts?

Batu.

Rechts ins zerstörte Schloß von Massylis,
Wo jetzt der Römer liegt.

Sophonisbe.

Ist's weit von hier
Zur Wasserleitung?

Batu.

Funfzig Schritte kaum.

Sophonisbe.

Und rings kein Posten?

Batu.

Nur in weiter Ferne

Am Thor des Lagers.

Sophonisbe.

Wohl! Mach dich bereit!

Nach Mitternacht, wenn schwer wie Blei der Schlaf

Auf alle Wimpern drückt, führst du mich hin.

Batu.

Wie gern gehorch' ich!

Sophonisbe.

Such' dein Lager jetzt!

Wenn's Zeit ist, findest du mich hier. — Noch eins!

Gieb mir den Dolch, den Syphax mir gesandt.

Nicht wehrlos darf ich sein.

(Batu giebt ihr den Dolch und geht auf einen Wink.)

Komm, tödtlich Eisen!

Du dientest einem König; königlich,

Dafern ein Gott mir hilft, will ich dich betten.

(Der Vorhang fällt.)

Fünfter Aufzug.

Scipio's Hauptquartier zu Massylis. Decoration wie zu Anfang des dritten Aufzuges. Der Vorhang vor der Nische geschlossen, der andere offen. Nacht. Kandelaber in den Ecken. Draußen das Lager. Schildwachen u. s. w.

Erster Auftritt.

Scipio, an dem Tische zur Linken schreibend; auf demselben Rollen, Karten und eine Lampe. Rechts im Vordergrunde Severus, Kiarbas und andere römische und numidische Hauptleute in leiser Unterhaltung; an der Nische Flavius. Sobald der Vorhang aufgegangen, tritt Sextus aus dem Hintergrunde ein, und geht, da er Scipio beschäftigt sieht, mit kriegerischem Gruße auf Severus zu.

Severus.

Was giebt's?

Sextus.

Die Runden sind zurück.

Severus.

Sie melden?

Sextus.

Nichts von Bedeutung. Einmal glaubten sie

Von fernher einen Reitertrupp zu hören,

Doch als sie näher kamen, war's ein Schwarm

Von Straußen, der in windesschneller Flucht

Lautschwirrend mit gespreizten Fittichen

Vorüberstob. Der letzte ward erlegt,

Ein wahres Prachtthier.

Severus.

Sonst nichts?

Sertus.

Botschaft noch

Vom Massinissa. Der Numiderfürst

Liegt krank darnieder und ersucht den Consul

Um eine Unterredung morgen früh.

Severus.

Ich richt' es aus. Stör' drum den Feldherrn nicht;

Er schreibt nach Rom. — Was war für Lärm vorhin

Am Decumanthor, wo die Bündner lagern?

Weißt du's?

Sertus.

Ein Celtiberer wollt' im Rausch

An einer Magd sich vom Gebirg vergreifen,

Die Wein und Oel gebracht. Sie aber riß
Ein Messer aus dem Haar und stieß ihn nieder.
Dann floh sie wie der Blitz. Was du vernahmst,
War wohl die Todtenklage seines Stamms
Um den Gefallnen.

Severus.

Ihm ist Recht geschehn.
Was läßt er sich mit fremden Weibern ein!

Sextus
(entfernt sich auf einen Wink der Entlassung).

Severus
(zu den andern Hauptleuten tretend).

Sie führen Stacheln, merk' ich, hier zu Land,
Wie die Skorpionen.

Atarbas.

Ja, wenn man sie reizt.
Sonst sind sie zahm, wie anderswo, und — schöner.

Scipio (sich erhebend.)

Genug für jetzt! Ich schließ' es morgen ab.
Was ist die Stunde?

Severus.

Mitternacht vorüber.

Scipio.

Noch nichts vom Lälius?

Severus.

Nichts.

Scipio.

Auch nicht vom Meer?

Aus Habrumet?

Severus.

Auch nicht von dort.

Scipio.

Der Wind

Geht aus Nordost. Er könnt' ein Schicksal uns
Heranwehn.

Severus.

Massinissa —

Scipio.

Soll mich morgen

In seinem Zelt erwarten. Ich vernahm's,
Daß er mich sehn will. Geht jetzt schlafen, Freunde!
Auch ich will ausruhn.

(Die Hauptleute entfernen sich; die Vorhänge des Eingangs fallen hinter
ihnen zu. Flavius hat die Nische geöffnet, wo Scipios Feldbett sichtbar wird.)

Zweiter Auftritt.

Scipio. Flavius.

Scipio.

Lösch' die Kerzen, Flavius,
Und hilf mir beim Entkleiden.

Flavius.

Soll ich dir
Aus dem Homer nicht lesen?

Scipio.

Heute nicht.
Die Müdigkeit ist stärker, als mein Wille.
Der Tag war athemlos und letzte Nacht
Schlief ich nur wenig — Nimm den Panzer, da! —
Ein seltsam Traumbild trieb mich auf. Mir war's,
Ein prächtig Weib mit buntem Diadem,
In schweren Goldgewändern langsam wandelnd,
Wie man Carthago's Bild auf Münzen prägt,
Kam an mein Lager und mit eis'ger Hand
Nach meiner Kehle griff sie, mich zu würgen.
Hier, diese Spange noch! — Ich rang mit ihr,

Doch sog ihr Auge mir, unheimlich starr,
Die Kraft vom Herzen, keuchend ging mir schon
Der Athem aus — da plötzlich, hinterrücks
Von jähem Blitz getroffen schrie sie auf
Und ließ mich los, und von dem Schrei erwacht' ich.

Flavius.

Herr, solche Träume schafft der Mond.

Scipio.

Er stand nicht
Am Himmel. Als ich mir die Brust zu lüften
Vor's Zelt trat, glänzte ruhig Stern bei Stern,
Gebirg und Eb'ne dufteten im Thau,
Doch rechts vom Lager, mächtig kreisend, stieg
Ein Adler auf.

Flavius.

Das ist ein günstig Zeichen,
Das Sieg verkündet.

Scipio.

Mög' es also sein!
(Wendet sich gegen die Nische.)

Gute Nacht jetzt, Flavius! Dämpfe noch die Lampe!

Mit Tagesanbruch weckst du mich.

(Streckt sich aufs Lager.)

Flavius.

Schlaf wohl!

Ich will noch vor dem Zelt die Laute spielen,

Ich weiß, du hast es gern.

(Hat Scipio's Mantel und Rüstung geordnet und ergreift eine Laute.)

Wie war doch nur

Die Weise, die ihm jüngst so wohlgefiel?

Ein mauretanisch Weib sang sie im Kahn;

Schwermüthig klang's, wie wenn ans Felsgestad

Langsame Wellen rauschen — War's nicht so?

(Er thut ein paar Griffe und geht spielend ab.)

Pause, nur durch die Melodie des kurzen Liedes ausgefüllt. Scipio schläft. Beim Schlusse des Liedes öffnet sich leise die große Pforte zur Rechten und **Sophonisbe** erscheint.

Dritter Auftritt.

Sophonisbe. Scipio (schlafend).

Sophonisbe.

Rings Alles still! Er schläft, schläft tief. Und jetzt
Muß es geschehn. Sei standhaft, Herz, du hast
Ein unabwendlich Urtel zu vollstrecken.
Was bebt ihr, feige Sehnen? Werdet Erz!

(Tritt an den Tisch.)

Komm, trübe Flamme, komm und leuchte mir
Zum düstern Werke, zeige mir den Weg
Zu seinem Herzen!

(Greift nach der Lampe, ihr Blick fällt auf Scipio's Brief.)

Ha! — Bin ich im Fieber
Und sehe was nicht ist? Mein Name hier!
Fort Gaukelspiel des Bluts! — Nein, ich sah recht,
Ein Brief und hier mein Name! Prahlt er noch,
Wie unerhört er mich betrogen? — Götter,
Das ist eu'r Wink! Ich soll in seinem Hohn
Den Arm mir stählen, daß er schonungslos

Ins Leben trifft! — Wohlan denn,

Laß sehn, was er von der Barbarin schreibt!

(Sie hat das Blatt ergriffen und liest.)

„Was Sophonisben angeht, so vergönnt

Mir freie Hand. Sie ist ein hohes Weib,

Werth, eine Römerin zu sein. Ich will

Die Götter bitten, daß sie mir ihr Herz

In Freundschaft neigen. Und führt einst mein Stern

Mich triumphirend heim aufs Capitol,

Dann soll's mein Stolz sein, dies erlauchte Haupt

In aller Majestät dem Volk zu zeigen,

Die Bundsgenossin, die ich ihm gewann.“ —

(Sie hat zuletzt mit vor Bewegung zitternder Stimme gelesen, und bricht
jetzt, völlig überwältigt, jubelnd aus:)

Dank! Dank, ihr Götter! Er verrieth mich nicht!

Nein, Alles was er sann, war Huld! — — Und ich?!

Entsetzen, namenloses Greul! — ich hier?

Den Dolch in Händen? — Fort verruchtes Eisen!

Du sengst wie Feuer. Scipio, wach' auf!

Hervor, o Scipio, der Mord schlich ein

In dein Gezelt, wach' auf und halt Gericht!

(Wendet sich gegen die Nische.)

Scipio (hervortretend).

Du, Sophonisbe?

Sophonisbe.

Ich! Und wiss' es gleich:
Dich tödten wollt' ich; doch dein Genius schlug
Mit Lähmung diesen Arm und wirft mich nun
Bezwungen, glanzgeblendet vor dir nieder.

Scipio.

Weib, welche Räthsel!

Sophonisbe.

Frag nicht! Ruf den Liktor,
Daß er sein blutig Amt an mir vollzieht!
Wider mich selbst als Kläg'rin lieg' ich hier
Und fleh' um meinen Spruch — Mein Leben ist
Verwirkt. Was zauderst du?

Scipio.

Steh auf und danke
Den Göttern, die vor Blutschuld dich bewahrt.
Ich will dasselbe thun. Ein Wunder, scheint's,
Hat meinen Schlaf umschirmt. Doch so behütet
Kann ich nicht richten und verdammen. — Geh!

Sophonisbe.

Bleibst du dir ewig gleich, Gewaltiger?
Nicht strafen willst du und zerschmetterst mich
Durch deine Huld. — O bittrer als der Tod
Ist dies Gefühl, daß ich so klein, so ganz
Dein unwerth war. Ich kannte dich, und doch
Sinnlosem Schein zulieb trat ich den Glauben
An dich mit Füßen. Zu derselben Stunde,
Da meiner du in hohem Sinn gedacht,
Hielt ich dich grausam, frech und schlau und ras't'
In Mordgedanken, bis aus jenem Blatt
Mein blödes Auge lichte Wahrheit sog
Und halbgottähnlich mich dein reines Bild
Zu Boden blitzt' — O hätte dieser Strahl
Wie Feuer aus den Wolken mich verzehrt!
Nun muß ich's, vor mir selbst vernichtet, tragen,
Daß mich der Einz'ge, dem sich meine Seele
Jemals gebeugt, verachtet —

Scipio.

Das sei fern!
Mir sagt dein Schmerz, ich irrte nicht, als ich

Ein ebenbürtig Herz in dir geahnt.

Du bleibst mir die du warst, so bittre Reue

Tilgt wohl so blinde Schuld. Was hier geschah,

Sei wie ein Traumbild dieser Nacht verweht.

So blas' ich's fort. — Geh denn und sei getrost,

Und reiß hinfort den blinden Römerhaß

Aus deiner Brust!

Sophonisbe.

Weh, woran mahnst du mich!

Umsonst ist Alles. Einen Augenblick

Vergessen hatt' ich, wer ich bin, und schwebte

Mit dir allein im Leeren und ein Traum

Von milder Sühnung überschlich mein Herz.

Da weckst du mich, und um mich her entsetzt

Erkenn' ich eine Welt voll Zwietracht wieder.

Die Arme streckt Carthago vorwurfsvoll

Nach ihrer Tochter aus, und will ich fliehn,

So steigen finster dort mit dräu'nden Stirnen

Die Schatten meiner Ahnen vor mir auf.

Hörst du's? Sie zeihen mich versäumter Pflicht,

Sie klagen um Verrath mich an, umsonst

Versuch' ich die Erzürnten zu beschwichten,

Ich soll die Feindin ihres Feindes sein.

Weh! Meine Seele fordern sie von mir

Und unerbittlich an bemantnen Ketten

Ziehn sie die machtlos Widerstrebende

Zu sich hinüber — Scipio, laß mich richten!

Denn keinen Frieden giebt es zwischen uns.

(Stürzt vor ihm nieder.)

Scipio.

Ein Fiebertraum verwirrt dich. Schüttl' ihn ab!

Gewalt'ger, als die Schatten, ist das Leben.

In deinem Herzen hab' ich dich erkannt,

Und kann's nicht glauben, daß ein Schicksal uns

Dazu bestimmt hat, ewig uns zu hassen.

Denn ob dein Blut carthagisch ist, es schwebt

Ein hoher Geist auf seiner dunklen Welle,

Den nicht dein Vater, den ein Gott dir gab,

Ein freies Erbtheil schöner Menschlichkeit,

An keines Stamms Geschlecht und Art gebunden.

Durch diesen Geist, der gleich dem Vogel Phönix,

Dem luftgeborenen, auf allen Gipfeln

Daheim ist, fühl' ich mich mit dir verwandt,
Und ihm vertrauend wiederhol' ich's: laß
Uns Freunde sein!

Sophonisbe.

O Scipio! —

Vierter Auftritt.

Die Vorigen. Torquatus. Gleich darauf Hiram.

Scipio.

Was giebt's?

Torquatus.

Dein Lälius sendet mich voraus
Mit froher Siegsbotschaft. Cirta ist unser.
Auf seine Trümmern pflanzten wir den Aar.

Scipio.

Zerstört?

Torquatus.

In Asche liegt die Königsburg,
Doch nicht durch unsre Schuld. Ein rasend Weib
Vom Stamm der Barkas warf den Brand hinein.

(Hiram ist während der letzten Rede eingetreten und hat sich vor Sophonisben niedergeworfen.)

Sophonisbe.

Thamar!

Torquatus.

Laß dir's von diesem Knaben hier

Berichten, der die That mit angesehn,

Die ich verdammen muß, und dennoch ehren.

Scipio.

Sprich!

Sophonisbe.

Wo ist Thamar?

Hiram.

Als die Libyer,

Belehrt, daß Massinissa's Plan mißglückt,

Nicht länger fechten wollten und die Brücken

Herniederließen, war die Priesterin

Verhüllten Haupts in den Pallast enteilt.

Wehvolles ahnend folgt' ich ihr und fand sie

Im Cedernsaale, wo sie stumm und bleich,

Ein Bild des Todes, mit der Fackel stand.

Doch an den Wänden sah ich rings den Schatz

Des Tempels und die heiligen Geräthe,
Die tausend Weihgefäß' aus Gold und Erz,
Dazwischen Weihrauch, Myrrhen, Sandelholz
Zu ries'gen Scheiterhaufen aufgethürmt.
Teppiche lagen drüber und das Bild
Der Göttin stand, das elfenbeinerne,
Im sternbesäten Schleier obenauf.
Die Jungfrau aber lauschte regungslos,
Als führte sie mit Geistern ein Gespräch,
Hinaus ins Leere. Da erscholl vom Burghof
Vermischt mit schmetterndem Posaunenton
Der Siegesruf der römischen Cohorten.
Und dringend mahnt' ich sie zur Flucht; doch Sie,
Zurück mir winkend mit der Linken, schwang
Die Fackel in das aufgehäufte Gut,
Die edlen Hölzer und das Harz entzündend.
Ein Augenblick und hochauf wirbelte
Nach allen Seiten wüthend schon die Lohe,
Mit Glut und dickem Würzgedüft den Saal
Erfüllend, daß ich taumelnd rückwärts wich.
Sie aber hub mit silberklarer Stimme

Durch dies Gewölk, als wär's ein Lüftchen nur
Vom Hochaltar, ihr uralt Götterlied
Zu singen an, und singend, schwanengleich,
Nachdem sie wie zum Opfer ihren Kranz
Vorangeworfen, flatternden Gelocks
Mit offnen Armen sprang sie in die Flammen.

Sophonisbe.

O meine Schwester!

Hiram.

Zu der Göttin Füßen
Noch hell aufflackern sah ich ihr Gewand;
Dann schwieg die Weise, nichts vernahm ich mehr,
Als nur der Flamme Sausen, und versengt
Floh ich hinunter. Doch bevor ich noch
Das Grause stammeln konnte, leckten rings
Die rothen Zungen aus den Fenstern schon
Und riesig aus den krachenden Gewölben
Schoß eine Feuersäule himmelan.

Sophonisbe.

Getreu bis in den Tod! — O, daß du so
Mich mahnen mußt!

Scipio.

Habt Dank für eure Botschaft.

Auf Morgen, Hauptmann!

*(Torquatus ab. Hiram zieht sich bis an den Eingang zurück.
Scipio wendet sich zu Sophonisben.)*

Laß auch uns jetzt scheiden!

Ihr Ziel hat jede Kraft, und was auf dich

Hereinbrach, war zuviel für Eine Nacht.

Kehr' in dein Zelt zurück! Den Balsamhauch

Des Friedens send' im Schlummer dir ein Gott.

Denn Ruhe thut dir Noth nach soviel Stürmen.

Sophonisbe.

Ja, Ruhe thut mir Noth, und ich will gehn,

Sie zu gewinnen. Nur ein Wort zuvor,

Ein letztes Wort aus tiefster Seele noch

Vergönne mir, das mir die Brust entlaste;

Aussprechen muß ich's, eh' ich schlafen kann.

Willst du mich hören, Scipio?

Scipio.

Rede!

Sophonisbe.

        Sieh,

Die Götter haben seltsam mich geführt.

Zu fürstlicher Geburt verliehn sie mir

Ein fürstlich Herz, das mein Verhängniß ward.

Denn hoch und einsam schlugs und zehrte, krank

An seines Reichthums unverwandter Fülle,

In Sehnsucht sich nach seines Gleichen auf.

So stürmt' ich ruhlos durch das Leben hin,

Stets suchend, stets getäuscht, bis ich zuletzt

An Allem, was mir Ahnung einst geweissagt,

Trostlos verzweifelte. Da fand ich Dich,

Und Wonn' und Schrecken kam auf meine Seele,

Denn meinen kühnsten Traum sah ich erfüllt.

Scipio.

Was sagst du! — —

Sophonisbe.

      Mißversteh mich nicht! Ich bin

Nicht schamlos, Scipio. Nur weil ich Verzicht

Gethan auf Alles, darf ich Alles sagen,

Und wie aus Wolken red' ich schon zu dir.

O wärst du in des Atlas rauhster Schlucht
Geboren statt am Tiberstrand, ich hätte,
Wenn du, wie heut, mir deine Freundschaft botst,
Mit keiner der Unsterblichen getauscht!
Nun ist's nicht so und ich vermag die Hand,
Die mir der Todfeind meines Volkes reicht,
Nicht zu ergreifen. Jener Wundervogel,
Von dem du sagtest, hat kein irdisch Haus;
Er lebt und stirbt im leichten Element.
Uns Staubgebornen aber zwingt der Bann
Der Heimat ewig und der Pflicht des Blutes
Entäußert sich, ich fühl's, kein edler Geist.
Wie nur ein Weib je liebte, lieb' ich dich,
Doch wenn Carthago's goldne Zinnen du
Geschleift einst in das Meer wirfst, soll ich dann
Dir jauchzen? Soll ich ins Triumphgewand,
Das meiner Brüder Blut zum Purpur färbt,
Mit bir mich hüllen, und den Staub der Väter,
Von deines Wagens Zeltern aufgewühlt,
Der wahnsinntrunkenen Mänade gleich
Im Becher schlürfen? O ich müßte ja

Dir selbst zum Greuel werden. Drum fahr wohl!

Zieh' deine stolze Bahn, wohin du mußt,

Und kränze dir die Stirn mit neuen Siegen!

Ich kann nicht los von meinem Vaterland

Und meine Schuld zahl' ich ihm so —

(Sie ersticht sich.)

Scipio.

Halt ein!

Bei allen Göttern —

Hiram

(voreilend und Sophonisben auffangend).

Weh, sie sinkt, o Herrin,

Was thatest du!

Sophonisbe.

Carthago! — Scipio! —

Fahr wohl!

(Stirbt.)

Scipio.

Ihr Auge bricht. Verstünd' ich noch

Zu weinen, weint' ich hier!

Letzter Auftritt.

Die Vorigen. Lälius. Später Severus und andere Hauptleute.

Lälius.

Ich bringe dir

Gewalt'ge Zeitung —

(Erblickt Sophonisben.)

All ihr Himmlischen!
Welch blutig Bild am Boden! Ahn' ich recht?
Todt die Carthagerin!

Scipio.

Gönn' ihr die Ruh,
Die sie sich selbst gesucht. — O Lälius,
Hier liegt ein stolzes Lilienreis geknickt —
Hätt' ich ein Weib wie dies in Rom gefunden,
Den schönsten meiner Siege gäb' ich drum.

(Wendet sich und fährt mit der Hand über die Stirne.)

Genug!

(Severus tritt ein, andere Hauptleute drängen nach, die Zeltvor-
hänge bleiben offen. Helles Morgenroth.)

Severus.

Auf! Zu den Waffen, Scipio!

Ein Bote kam aus Habrumet. Gelandet
Ist Hannibal!

Scipio.

Willkommen, alter Leu!
Du sollst den Adler finden!

(Zu Lälius.)

Dir, mein Freund,
Sei dieser theure Staub befohlen. Gieb
Den Flammen, was an ihr vergänglich war.
Das Andre schwang sich zu den Göttern auf. —

(Zu den Andern.)

Ihr aber laßt die Heerposaunen schmettern!
Wir brechen auf nach Zama.

(Der Vorhang fällt.)